周一良 批校

世说新语

（下）

[南朝宋] 刘义庆 撰
周一良 批校　周启锐 整理

天津出版传媒集团
天津人民出版社

〇三

容止 3a/5
自新 3a/5
企羡 3a/6
伤逝 3a/7
栖逸 3a/10
贤媛 3a/14

术解 3a/23
巧艺 3a/25
宠礼 3a/27
任诞 3a/28
简傲 3a/38
排调 3b/1

轻诋 3b/12
假谲 3b/18
黜免 3b/22
俭啬 3b/24
汰侈 3b/25
忿狷 3b/28

谗险 3b/29
尤悔 3b/30
纰漏 3b/33
惑溺 3b/35
仇隟 3b/37

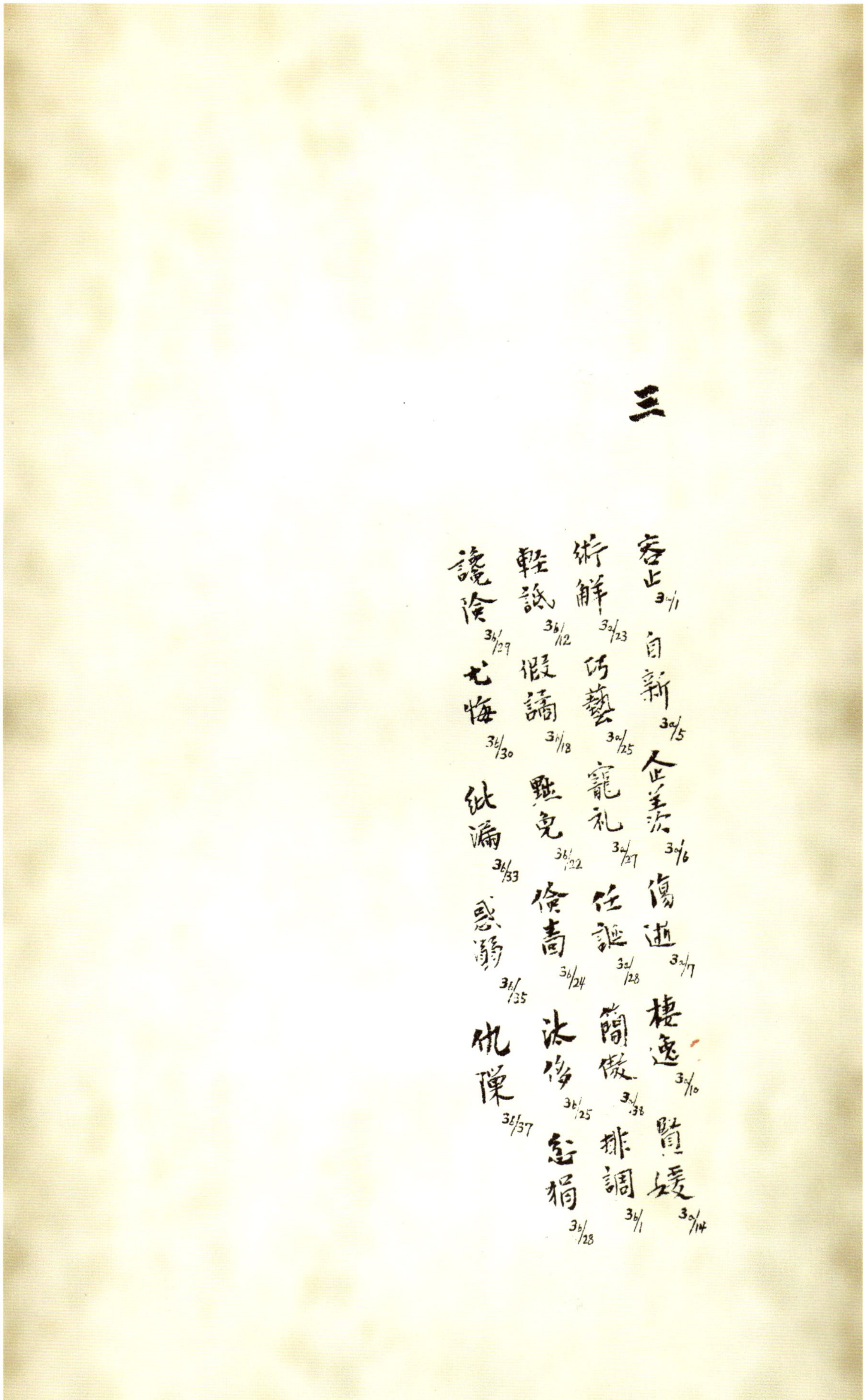

世說新語卷下之上

宋　臨川王義慶　撰

梁　劉孝標　注

容止第十四

魏武將見匈奴使自以形陋不足雄遠國魏氏春秋曰武王姿貌短小而神明英發使崔季珪代帝自捉刀立牀頭既畢令間諜問曰魏王何如匈奴使荅曰魏王雅望非常魏志曰崔琰字季珪清河東武城人聲姿高暢眉目疏朗鬚長四尺甚有威重然牀頭捉刀人此乃英雄也魏武聞之追殺此使

何平叔美姿儀面至白魏明帝疑其傅粉正夏月與熱湯麪既噉大汗出以朱衣自拭色轉皎然魏略曰晏性自喜動靜粉帛不去手行步顧影按此言則晏之妖麗本資外飾且晏養自宮中與帝相長豈復疑其形姿待驗而明也

○书抄一三五引语林作『文帝』，从魏略『与帝相长』之语观之，则作『文帝』为是。

魏明帝使后弟毛曾與夏侯玄共坐時人謂蒹葭倚玉樹魏志曰玄爲黄門侍郎與毛曾並坐玄甚恥之曾說形於色明帝恨之左遷玄爲羽林監

時人目夏侯太初朗朗如日月之入懷李安國頹唐如玉山之將崩魏略曰李豐字安國衞尉李義子也識別人物海内注意明帝得吳降人問江東聞中國名士爲誰以安國對之是時豐爲黄門郎改名宣上問安國所在左右公卿即具以豐對上曰豐名乃被於吳越邪仕至中書令爲晉王所誅

嵇康身長七尺八寸風姿特秀康別傳曰康長七尺八寸偉容色土木形骸不加飾厲而龍章鳳姿天質自然正爾在羣形之中便自知非常之器見者歎曰蕭蕭肅肅爽朗清舉或云肅肅如松下風高而徐引山公曰嵇叔夜之爲人也巖巖若孤松之獨立其醉也傀俄若玉山之將崩

裴令公目王安豐眼爛爛如巖下電王戎形狀短小而目甚清炤視日不眩

潘岳妙有姿容好神情岳別傳曰岳姿容甚美風儀閑暢少時挾彈出洛陽道

目

魏尺約二四・二二公分，七尺八寸为一八八・一三公分

自

○目。
○魏一尺约二四・二二公分，七尺八寸为一八八・一三公分。
○目。

婦人遇者莫不連手共縈之左太沖絕醜續文章志曰思貌醜顇不持儀飾亦復效岳遊遨於是羣嫗齊共亂唾之委頓而返語林曰安仁至美每行老嫗以果擲之滿車張孟陽至醜每行小兒以瓦石投之亦滿車二說不同

王夷甫容貌整麗妙於談玄恒捉白玉柄麈尾與手都無分別

潘安仁夏侯湛竝有美容喜同行時人謂之連璧八王故事曰岳與湛著契故好同遊

裴令公有儁容姿一旦有疾至困惠帝使王夷甫往看裴方向壁臥聞王使至強回視之王出語人曰雙目閃閃若巖下電精神挺動體中故小惡名士傳曰楷病困詔遣黃門郎王夷甫省之楷回眸屬夷甫云竟未相識夷甫還亦歎其神儁

有人語王戎曰嵇延祖卓卓如野鶴之在雞羣荅曰君未見其

父耳康已見上

裴令公有儁容儀脫冠冕麤服亂頭皆好時人以爲玉人見者曰見裴叔則如玉山上行光映照人

劉伶身長六尺貌甚醜顇而悠悠忽忽土木形骸梁祚魏國統曰劉伶字伯倫形貌醜陋身長六尺然肆意放蕩悠焉獨暢自得一時常以宇宙爲狹

驃騎王武子是衛玠之舅儁爽有風姿見玠輒歎曰珠玉在側覺我形穢玠別傳曰驃騎王濟玠之舅也嘗與同遊語人曰昨日吾與外生共坐若明珠之在側朗然來照人

有人詣王太尉遇安豐大將軍丞相在坐往別屋見季胤平子石崇金谷詩敘曰王詡字季胤琅邪人王氏譜曰詡夷甫弟也仕至脩武令還語人曰今日之行觸目見琳琅珠玉

王丞相見衛洗馬曰居然有羸形雖復終日調暢若不堪羅綺

玠別傳曰玠素抱羸疾西京賦曰
始徐進而羸形似不勝乎羅綺

王大將軍稱太尉處衆人中似珠玉在瓦石間

庾子嵩長不滿七尺腰帶十圍頽然自放

衛玠從豫章至下都人久聞其名觀者如堵牆玠先有羸疾體不堪勞遂成病而死時人謂看殺衛玠

玠別傳曰玠在羣伍之中寔有異人之望齠齔時乘白羊車於洛陽市上咸曰誰家璧人於是家門州黨號爲璧人按永嘉流人名曰玠以永嘉六年五月六日至豫章其年六月二十日卒此則玠之南度豫章四十五日豈暇至下都而亡乎且諸書皆云玠亡在豫章而不云在下都也

周伯仁道桓茂倫嶔崎歷落可笑人或云謝幼輿言

周侯說王長史父

王氏譜曰訥字文開太原人祖默尚書父祜散騎常侍訥始過江仕至新淦令

形貌既偉雅懷有槩保而用之可作諸許物也

祖士少見衛君長云此人有施仗下形

高概远量（抱朴高閩）、操乏端概（宋文46/8）、忠贞为概、浅概（梁文36/6）、（梁文37/5）、弱识编概（梁文38/3）

有概 諸許物

衛永

○高概远量（抱朴备阙）；操乏端概（宋文46/8）；浅概（梁文36/6）；忠贞为概（梁文37/5）；弱识褊概（梁文38/3）

○有概。诸许物。

○卫永。

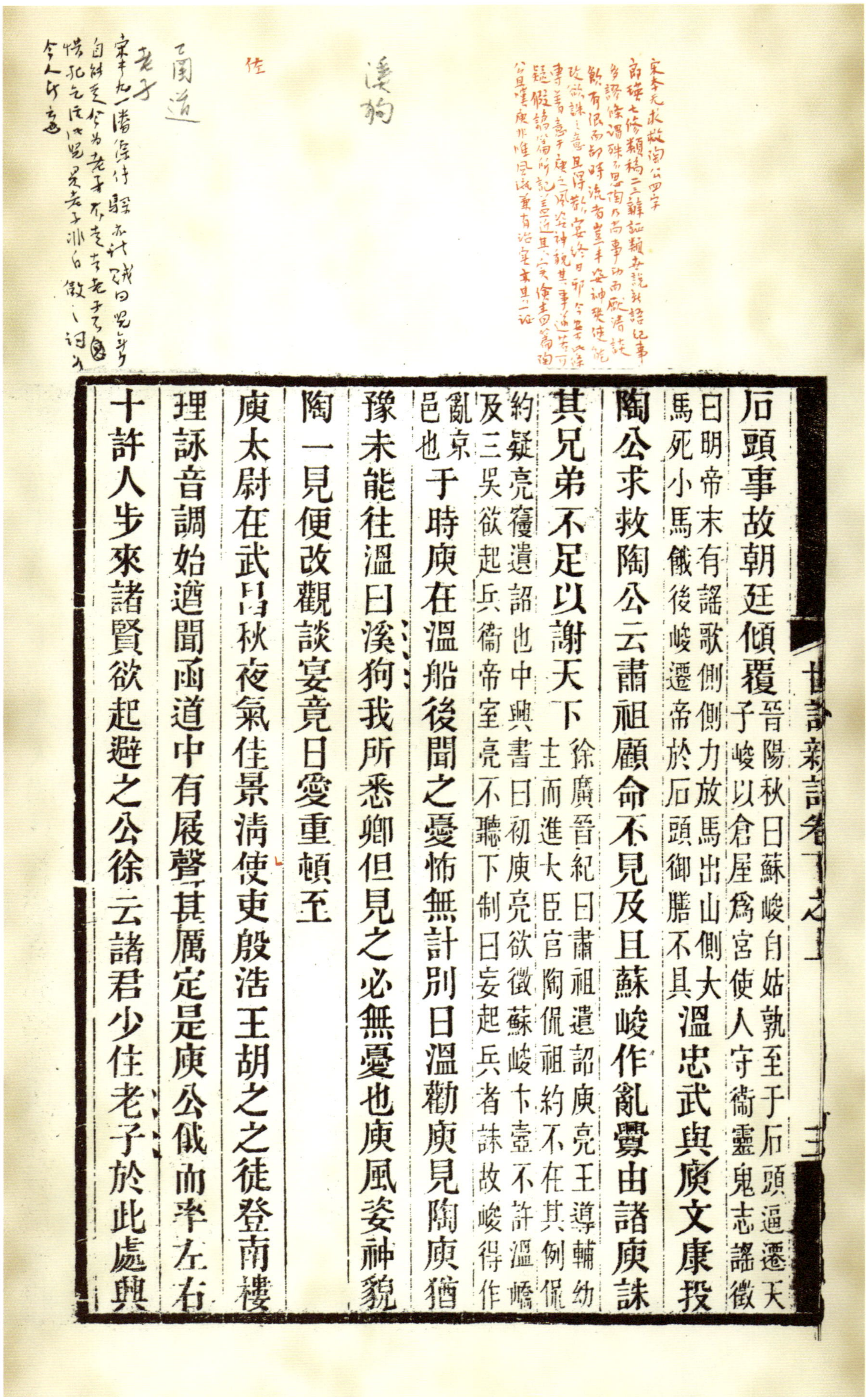
世說新語卷下之上

后頭事故朝廷傾覆晉陽秋曰蘇峻自姑孰至于后頭逼遷天子峻以倉屋爲宮使人守衛靈鬼志謠徵曰明帝末有謠歌側側力力放馬出山側大馬死小馬餓後峻遷帝於后頭御膳不具溫忠武與庾文康投陶公求救陶公云肅祖顧命不見及且蘇峻作亂釁由諸庾誅其兄弟不足以謝天下徐廣晉紀曰肅祖遺詔庾亮王導輔幼主而進大臣官陶侃祖約不在其例侃約疑亮竄遺詔也中興書曰初庾亮欲徵蘇峻卞壼不許溫嶠及三吳欲起兵衛帝室亮不聽下制曰妄起兵者誅故峻得作亂京邑也于時庾在溫船後聞之憂怖無計別日溫勸庾見陶庾猶豫未能往溫曰溪狗我所悉卿但見之必無憂也庾風姿神貌陶一見便改觀談宴竟日愛重頓至

庾太尉在武昌秋夜氣佳景清使吏殷浩王胡之之徒登南樓理詠音調始遒聞函道中有屐聲甚厲定是庾公俄而率左右十許人步來諸賢欲起避之公徐云諸君少住老子於此處興

○宋本无『求救陶公』四字。

郎瑛七修类稿二三辩证类『世说新语纪事多谬』条谓：『殊不思陶乃尚事功而厌清谈，饮有限而鄙时流者，岂丰姿神爽使能改欲诛之意且得欢宴终日邪？』今案，此条专着意于庾之风姿神貌，其事遂若可疑。假谲篇所记盖近其实。俭啬篇陶公且叹庾非唯风流，兼有治实，亦其一证。

○佐。

○溪狗。

○老子。

○函道。

○宋书九一潘综传：『骠亦请贼曰：「儿年少，自能走，今为老子不走去。老子不惜死，乞活此儿。」』是老子非自傲之词，如今人所云也。

復不淺因便據胡牀與諸人詠謔竟坐甚得任樂後王逸少下與丞相言及此事丞相曰元規爾時風範不得不小頹右軍荅曰唯丘壑獨存孫綽庾亮碑文曰公雅好所託常在塵垢之外雖柔心應世蠖屈其迹而方寸湛然固以玄對山水

王敬豫有美形問訊王公王公撫其肩曰阿奴恨才不稱又云敬豫事事似王公語林曰謝公云小時在殿廷會見丞相便覺清風來拂人

王右軍見杜弘治歎曰面如凝脂眼如點漆此神仙中人江左名士傳曰永和中劉眞長謝仁祖共商略中朝人士或曰杜弘治標令上爲後來之美又面如凝脂眼如點漆粗可得方諸衛玠

時人有稱王長史形者蔡公曰恨諸人不見杜弘治耳

劉尹道桓公鬢如反猬皮眉如紫石稜自是孫仲謀司馬宣王一流人宋明帝文章志曰溫爲溫嶠所賞故名溫吳志曰孫權字仲謀策弟也漢使者劉琬語人曰吾觀孫氏兄弟雖

○据胡床。

○小颓。

○王恬。

○宋本『王公』二字不迭。

○雅量篇：『伯仁笑曰：「阿奴火攻，固出下策耳」。』与此处王导称王恬为『阿奴』，疑皆非小字，实系当时有此称谓也。

○杜乂。

○王濛。

祚

斂衿作一来

晉書本傳論者稱其筆勢云云

方通謗盧文弨說
不乃重者未詳

企脚 挈脚

並有才秀明達皆祿胙不終唯中弟孝廉形貌魁偉骨體不恆有大貴之表晉陽秋曰宣王天姿傑邁有英雄之略

王敬倫風姿似父作侍中加授桓公公服從大門入桓公望之曰大奴固自有鳳毛大奴王劭也已見中興書曰劭美姿容持儀操也

林公道王長史斂衿作一來何其軒軒韶舉語林曰王仲祖有好儀形每覽鏡自照曰王文開那生如馨兒時人謂之達也

時人目王右軍飄如遊雲矯若驚龍

王長史嘗病親疏不通林公來守門人遽啟之曰一異人在門不敢不啟王笑曰此必林公按語林曰諸人嘗要阮光祿共詣林公阮曰欲聞其言惡見其面此則林公之形信當醜異

或以方謝仁祖不乃重者桓大司馬曰諸君莫輕道仁祖企腳北窻下彈琵琶故自有天際眞人想晉陽秋曰尚善音樂裴子云丞相嘗曰堅石挈腳枕

○祚。
○斂衿作一来。
○晋书本传『论者称其笔势』云云。
○『方』通『谤』，卢文弨说。
○不乃重者，未详。
○企脚，挈脚。

琵琶有天際想堅石尚小名

王長史爲中書郎往敬和許敬和王洽已見爾時積雪長史從門外下車步入尚書著公服敬和遥望歎曰此不復似世中人

簡文作相王時與謝公共詣桓宣武王珣先在內桓語王卿嘗欲見相王可住帳裏二客既去桓謂王曰定何如王曰相王作輔自然湛若神君續晉陽秋曰帝美風姿舉止端詳公亦萬夫之望不然僕射何得自沒僕射謝安

海西時諸公每朝朝堂猶暗唯會稽王來軒軒如朝霞舉

謝車騎道謝公遊肆復無乃高唱但恭坐捻鼻顧睞便自有寢處山澤閒儀

謝公云見林公雙眼黯黯明黑孫興公見林公稜稜露其爽

○宋本『著』作『省』，无『公服』二字。

○帐里。

○宋本无『然』字。

○安。

○『自没』日译：身を投ずる。

○无乃。

○群小。
○诸客。

群小　诸客

庾長仁與諸弟入吳欲住亭中宿諸弟先上見羣小滿屋都無相避意長仁曰我試觀之乃策杖將一小兒始入門諸客望其神姿一時退匿長仁已見一說是庾亮

有人歎王恭形茂者云濯濯如春月柳

自新第十五

周處年少時兇彊俠氣爲鄉里所患處別傳曰處字子隱吳郡陽羨人父魴吳鄱陽太守處少孤不治細行晉陽秋曰處輕果薄行州郡所棄又義興水中有蛟山中有邅跡一作白額虎並皆暴犯百姓義興人謂爲三橫而處尤劇或說處殺虎斬蛟實冀三橫唯餘其一處卽刺殺虎又入水擊蛟蛟或浮或沒行數十里處與之俱經三日三夜鄉里皆謂已死更相慶竟殺蛟而出聞里人相慶始知爲人情所患有自改意孔氏志怪曰義興有邪足

乃自吴尋二陸平原不在正虎溪渚長橋有蒼蛟竝大噉人郭西周時謂郡中三害周卽處也見清河具以情告竝云欲自修改而年已蹉跎終無所成清河曰古人貴朝聞夕死況君前途尚可且人患志之不立亦何憂令名不彰邪處遂改勵終爲忠臣孝子晉陽秋曰處仕晉爲御史中丞多所彈糾氏人齊萬年反乃令處距萬年伏波孫秀欲表處母老處曰忠孝之道何當得兩全乃進戰斬首萬計弦絕矢盡左右勸退處曰此是吾授命之日遂戰而沒

戴淵少時遊俠不治行檢嘗在江淮閒攻掠商旅陸機赴假還洛輜重甚盛淵使少年掠劫淵在岸上據胡床指麾左右皆得其宜淵既神姿峯穎雖處鄙事神氣猶異機於船屋上遥謂之曰卿才如此亦復作劫邪淵便泣涕投劍歸機辭厲非常機彌重之定交作筆薦焉虞預晉書曰機薦淵於趙王倫曰蓋聞繁弱登御然後高墉之功顯孤竹在肆然後

○入。
○据胡床。
○船屋。

降神之曲成伏見處士戴淵砥節立行有井渫之潔安窮樂志無風塵之慕誠東南之遺寶朝廷之貴璞也若得寄跡康衢必能結軌驥騄耀質廊廟必能垂光璵璠夫枯岸之民果於輸珠潤山之客烈於貢玉蓋明暗呈形則庸識所甄也倫卽辟淵

過江仕至征西將軍

企羨第十六

王丞相拜司空桓廷尉作兩髻葛帬策杖路邊窺之歎曰人言阿龍超阿龍故自超（阿龍丞相小字）不覺至臺門

王丞相過江自說昔在洛水邊數與裴成公阮千里諸賢共談道羊曼曰人久以此許卿何須復爾王曰亦不言我須此但欲爾時不可得耳（欲一作歎）

王右軍得人以蘭亭集序方金谷詩序又以己敵石崇甚有欣色（王羲之臨河敘曰永和九年歲在癸丑莫春之初會于會稽山陰之蘭亭修禊事也羣賢畢至少長咸集此地有崇山峻

○周旋。○苻。

周旋

苻

嶺茂林修竹又有清流激湍映帶左右引以爲流觴曲水列坐其次是日也天朗氣清惠風和暢娛目騁懷信可樂也雖無絲竹管絃之盛一觴一詠亦足以暢敘幽情矣故列序時人錄其所述右將軍司馬太原孫丞公等二十六人賦詩如左前餘姚令會稽謝勝等十五人不能賦詩罰酒各三斗

統

王司州先爲庾公記室參軍後取殷浩爲長史始到庾公欲遣王使下都王自啟求住曰下官希見盛德淵源始至猶貪與少日周旋

郗嘉賓得人以己比符堅大喜

孟昶未達時家在京口晉安帝紀曰昶字彥達平昌人父馥中護軍昶矜嚴有志局少爲王恭所知豫義旗之勳遷丹陽尹盧循旣下昶慮事不濟仰藥而死嘗見王恭乘高輿被鶴氅裘于時微雪昶於籬間窺之歎曰此眞神仙中人

傷逝第十七

今日視此雖近邈若山河

蓋 耳

靈床

○今日视此虽近，邈若山河。
○盖。
○耳。
○灵床。

王仲宣好驢鳴魏志曰王粲字仲宣山陽高平人曾祖龔父暢皆爲漢三公粲至長安見蔡邕邕奇之倒屣迎之曰此王公孫有異才吾不及也吾家書籍盡當與之避亂荊州依劉表以粲貌寢通脫不甚重之太祖以從征吳道中卒既葬文帝臨其喪顧語同遊曰王好驢鳴可各作一聲以送之赴客皆一作驢鳴按戴叔鸞母好驢鳴叔鸞每爲驢鳴以說其母人之所好儻亦同之

王濬沖爲尚書令著公服乘軺車經黃公酒壚下過韋昭漢書注曰壚酒肆也以土爲墮四邊高似壚也顧謂後車客吾昔與嵇叔夜阮嗣宗共酣飲於此壚竹林之遊亦預其末自嵇生夭阮公亡以來便爲時所羈紲今日視此雖近邈若山河竹林七賢論曰俗傳若此潁川庾爰之嘗以問其伯文康文康云中朝所不聞江左忽有此論皆好事者爲之也

孫子荊以有才少所推服唯雅敬王武子武子喪時名士無不至者子荊後來臨屍慟哭賓客莫不垂涕哭畢向靈牀曰卿常

好我作驢鳴今我爲卿作體似眞聲賓客皆笑孫舉頭曰使君輩存令此人死語林曰王武子葬孫子荆哭之甚悲賓客莫不垂涕旣作驢鳴賓客皆笑孫曰諸君不死而令武子死乎賓客皆怒

王戎喪兒萬子山簡往省之王悲不自勝簡曰孩抱中物何至於此王曰聖人忘情最下不及情情之所鍾正在我輩王隱晉書曰戎子綏欲取裴遁女綏旣蚤亡戎過傷痛不許人求之遂至老無敢取者簡服其言更爲之慟一說是王夷甫喪子山簡弔之

有人哭和長輿曰峨峨若十丈松崩

衛洗馬以永嘉六年喪謝鯤哭之感動路人永嘉流人名曰玠以六年六月二十日亡葬南昌城許徵墓東玠之薨謝幼輿發哀於武昌感慟不自勝人問子何卹而致哀如是荅曰棟梁折矣何得不哀咸和中丞相王公教曰衛洗馬當改葬此君風流名士海內所瞻

○灵床。
○不执孝子手。
○未解……犹言未还愿。

靈床

不執孝子手

未解猶言未還愿

可脩薄祭以敦舊好玠別傳曰玠咸和中改遷於江寧丞相王公教曰洗馬明當改葬此君風流名士海內民望可脩三牲之祭以敦舊好

顧彥先平生好琴及喪家人常以琴置靈牀上張季鷹往哭之不勝其慟遂徑上牀鼓琴作數曲竟撫琴曰顧彥先頗復賞此不因又大慟遂不執孝子手而出

庾亮兒遭蘇峻難遇害諸葛道明女為庾兒婦既寡將改適亮子會會妻父彪並已見上與亮書及之亮荅曰賢女尚少故其宜也感念亡兒若在初沒

庾文康亡何揚州臨葬云埋玉樹箸土中使人情何能已已搜神記曰初庾亮病術士戴洋曰昔蘇峻事公於白石祠中許賽車下牛從來未解為此鬼所考不可救也明年亮果亡靈鬼志謠徵曰文康初鎮武昌出石頭百姓看者於岸歌曰庾公上武昌翩翩如飛鳥庾公還揚州白馬牽旒旐又曰庾公初上時翩翩

世説新語補索解譜 莫景之間 猶言暫時

如飛鴟庾公還揚州白馬牽旐車後連徽不入尋薨下都葬焉

王長史病篤寢臥鐙下轉麈尾視之歎曰如此人曾不得四十

及亡劉尹臨殯以犀柄麈尾箸柩中因慟絕濛別傳曰濛以永和初卒年三十九沛國劉惔與濛至交及卒惔深悼之雖友于之愛不能過也

支道林喪法虔之後精神賈喪風味轉墜支遁傳曰法虔道林同學也儁朗有理義遁甚重之常謂人曰昔匠石廢斤於郢人莊子曰郢人堊漫其鼻端若蠅翼使匠石運斤斲之堊盡而鼻不傷郢人立不失容牙生輟絃於鍾子韓詩外傳曰伯牙鼓琴鍾子期聽之方鼓琴志在太山子期曰善哉乎鼓琴巍巍乎若太山莫景之閒志在流水子期曰善哉乎鼓琴洋洋乎若流水鍾子期死伯牙擗琴絕絃終身不復鼓之以爲在者無足爲之鼓琴也推己外求良不虛也冥契既逝發言莫賞中心蘊結余其亡矣卻後一年支遂殞

郗嘉賓喪左右白郗公郎喪既聞不悲因語左右殯時可道公

往臨殯一慟幾絕

中興書曰超年四十一先愔卒超所交友皆一時俊乂及死之日貴賤爲誄者四十餘人續晉陽秋曰超黨戴桓氏爲其謀主以父愔忠於王室不令知之將亡出一小書箱付門生云本欲焚此恐官年尊必以傷憋爲斃我亡後若大損眠食則呈此箱愔後果慟悼成疾門生乃如超旨則與桓溫往反密計愔見卽大怒曰小子死恨晩後不復哭

戴公見林法師墓

支遁傳曰遁太和元年終于剡之石城山因葬焉

曰德音未遠而拱木已積冀神理緜緜不與氣運俱盡耳

王珣法師墓下詩序曰余以寧康二年命駕之剡石城山卽法師之丘也高墳鬱爲荒楚丘隴化爲宿莽遺跡未滅而其人已遠感想平昔觸物悽懷其爲時賢所惜如此

王子敬與羊綏善綏清淳簡貴爲中書郎少亡

綏已見

王深相痛悼語東亭云是國家可惜人

王東亭與謝公交惡

中興書曰珣兄弟皆謝氏壻以猜嫌離婚太傅旣與珣絕婚又離妻由是二族遂成仇釁

王在東聞謝喪便出都詣子敬道欲哭謝公子敬始臥聞其

○灵床。
○通塞。

言便驚起曰所望於法護法護珣小字王於是往哭督帥刁約不聽前曰官平生在時不見此客王亦不與語直前哭甚慟不執末婢手而退末婢謝琰小字琰字瑗度安少子閑率有大度爲孫恩所害贈侍中司空

王子猷子敬俱病篤而子敬先亡獻之以泰元十三年卒年四十五子猷問左右何以都不聞消息此已喪矣語時了不悲便索輿來奔喪都不哭子敬素好琴便徑入坐靈牀上取子敬琴彈弦既不調擲地云子敬子敬人琴俱亡因慟絕良久月餘亦卒幽明錄曰泰元中有一師從遠來莫知所出云人命應終有生樂代者則死者可生若逼人求代亦復不過少時人聞此咸怪其虛誕王子猷子敬兄弟特相和睦子敬疾屬纊子猷謂之曰吾才不如弟位亦通塞請以餘年代弟師曰夫生代死者以己年限有餘得以足亡者耳今賢弟命既應終君侯算亦當盡復何所代子猷先有背疾子敬疾篤恆禁來往聞亡便撫心悲惋都不得一聲背即潰裂推師之言信而有實

相鬪
詆突

孝武山陵夕，王孝伯入臨，告其諸弟曰：「雖榱桷惟新，便自有黍離之哀。」中興書曰：烈宗喪，會稽王道子執政，寵幸王國寶，委以機任。王恭入赴山陵，故有此歎。

羊孚年三十一卒，桓玄與羊欣書曰：「賢從情所信寄，暴疾而殞，孚已見。宋書曰：欣字敬元，太山南城人。少懷靜默，兼操無競。美姿容，善笑言，長於草隸。羊氏譜曰：孚即欣從祖。祝予之歎，如何可言！」公羊傳曰：顏淵死，子曰：「噫！天喪予。」子路亡，子曰：「噫！天祝予。」何休曰：祝者，斷也。天將亡夫子耳。

桓玄當篡位，語卞鞠云：卞範已見。「昔羊子道恆禁吾此意。今腹心喪羊孚，爪牙失索元，索氏譜曰：元字天保，燉煌人。父緒，散騎常侍。元歷征虜將軍、歷陽太守。幽明錄曰：元在歷陽疾病，西界一年少女子姓某，自言爲神所降，來與元相聞，許爲治護。元性剛直，以爲妖惑，收以付獄，戮之於市。中女臨死曰：「却後十七日，當令索元知其罪。」如期，元果亡。而悤悤作此詆突，詎允天心？」

棲逸第十八

阮步兵嘯，聞數百步。蘇門山中，忽有眞人，樵伐者咸共傳說。阮

○外。
○皇。

外

皇

籍往觀見其人擁厀巖側籍登嶺就之箕踞相對籍商略終古上陳黃農玄寂之道下考三代盛德之美以問之仡然不應復敘有爲之教棲神導氣之術以觀之彼猶如前凝矚不轉籍因對之長嘯良久乃笑曰可更作籍復嘯意盡退還半嶺許聞上唒然有聲如數部鼓吹林谷傳響顧看迺向人嘯也魏氏春秋曰阮籍常率意獨駕不由徑路車跡所窮輒慟哭而反嘗遊蘇門山有隱者莫知姓名有竹實數斛杵臼而已籍聞而從之談太古無爲之道論五帝三王之義蘇門先生翛然曾不眄之籍乃嘐然長嘯韻響寥亮蘇門先生乃逌爾而笑籍既降先生喟然高嘯有如鳳音籍素知音乃假蘇門先生之論以寄所懷其歌曰日沒不周西月出丹淵中陽精晦不見陰光代爲雄亭亭在須臾厭厭將復隆富貴俛仰間貧賤何必終竹林七賢論曰籍歸遂著大人先生論所言皆胸懷間本趣大意謂先生與己不異也觀其長嘯相和亦近乎目擊道存矣

嵇康遊於汲郡山中遇道士孫登遂與之遊康臨去登曰君才

土窟，参石崇金谷诗序，见品藻篇注

則高矣保身之道不足康集序曰孫登者不知何許人無家於汲郡北山土窟住夏則編草爲裳冬則被髮自覆好讀易鼓一絃琴見者皆親樂之魏氏春秋曰登性無喜怒或沒諸水出而觀之登復大笑時時出入人間所經家設衣食者一無所辭去皆舍去文士傳曰嘉平中汲縣民共入山中見一人所居懸巖百仞叢林鬱茂而神明甚察自云孫姓登名字公和康聞乃從遊三年問其所圖終不荅然神謀所存良妙康每薾然歎息將别謂曰先生竟無言乎登乃曰子識火乎生而有光而不用其光果然在於用光人生有才而不用其才果然在於用才故用光在乎得薪所以保其曜用才在乎識物所以全其年今子才多識寡難乎免於今之世矣子無多求康不能用及遭呂安事在獄爲詩自責云昔慚下惠今愧孫登王隱晉書曰孫登卽阮籍所見者也嵇康執弟子禮而師焉魏晉去就易生嫌疑貴賤並沒故登或默也

山公將去選曹欲舉嵇康康與書告絕康别傳曰山巨源爲吏部郎遷散騎常侍舉康康辭之並與山絕豈不識山之不以一官遇己情邪亦欲標不屈之節以杜舉者之口耳乃荅濤書自說不堪流俗而非薄湯武大將軍聞而惡之

李廞是茂曾第五子清貞有遠操而少羸病不肯婚宦居在臨

○土窟，参石崇金谷诗序，见品藻篇注

海佳兄侍中墓下既有高名王丞相欲招禮之故辟爲府掾虨
得牋命笑曰茂弘乃復以一爵假人文字志曰虨字宗子江夏
鍾武人祖康秦州刺史父
重平陽太守世有名望虨好學善草隸與兄式齊名攣疾不能
行坐常仰臥彈琴讀誦不輟河間王辟太尉掾以疾不赴後避
難隨兄南渡司徒王導復辟之虨曰茂弘乃復以一爵加人永
和中卒虨嘗爲二府辟故號李公府也式字景則虨長兄也思
理儒隱有平素之譽渡江累遷
臨海太守侍中年五十四而卒
何驃騎弟以高情避世而驃騎勸之令仕荅曰予第五之名何
必減驃騎中興書曰何準字幼道廬江灊人驃騎將軍充第五
弟也雖好高尚徵聘一無所就充位居宰相權傾人
主而準散帶衡門不及世事于時名德皆稱之年四
十七卒有女爲穆帝皇后贈光祿大夫子恢讓不受
阮光祿在東山蕭然無事常內足於懷阮裕別傳曰裕居會
稽剡山志存肥遁有
人以問王右軍右軍曰此君近不驚寵辱老子曰寵辱若驚得
之若驚失之若驚
雖古之沈冥何以過此楊子曰蜀莊沈冥李軌注曰
沈冥猶玄寂泯然无迹之貌

常　宋本无吹字名山二字作山石　孔郎庙　苻　知　就　只

孔車騎少有嘉遁意年四十餘始應安東命未仕宦時當獨寢歌吹自箴誨自稱孔郎遊散名山孔愉別傳曰永嘉大亂愉入臨海山中不求聞達中宗命爲參軍百姓謂有道術爲生立廟今猶有孔郎廟

南陽劉驎之高率善史傳隱於陽岐于時符堅臨江荊州刺史桓沖將盡訏謨之益徵爲長史遣人船往迎贈貺甚厚驎之聞命便升舟悉不受所餉緣道以乞窮乏比至上明亦盡一見沖因陳無用翛然而退居陽岐積年衣食有無常與村人共值已匱乏村人亦如之甚厚爲鄉閭所安鄧粲晉紀曰驎之字子驥南陽安衆人少尚質素虛退寡欲好遊山澤閒志存遁逸桓沖嘗至其家驎之方條桑謂沖使君既枉駕光臨宜先詣家君沖遂詣其父父命驎之然後乃還拂短褐與沖言父使驎之自持濁酒葅菜供賓沖敕人代之父辭曰若使官人則非野人之意也沖爲慨然至昏乃退因請爲長史固辭居陽岐去道斥近人士往來必投其家驎之身自供給贈致無所受去家百里有孤嫗疾將死謂人曰誰有劉

○常。○宋本无『吹』字。『名山』二字作『山石』。○孔郎庙。○苻。○知。○就。○只。

值
当是履
枯木朽株
出京邑即入京邑

長史當埋我耳驎之身往候之疾終
爲治棺殯其仁愛皆如此以壽卒

南陽翟道淵與汝南周子南少相友共隱于尋陽庾太尉說周以當世之務周遂仕翟秉志彌固其後周詣翟翟不與語晉陽秋曰翟湯字道淵南陽人漢方進之後也篤行任素義讓廉潔饋贈一無所受値亂多寇聞湯名德皆不敢犯尋陽記曰初庾亮臨江州聞翟湯之風束帶躡屐而詣焉亮禮甚恭湯曰使君直敬其枯木朽株耳亮稱其能言表薦之徵國子博士不赴主簿張玄曰此君臥龍不可動也終于家

孟萬年及弟少孤居武昌陽新縣萬年遊宦有盛名當世少孤未嘗出京邑人士思欲見之乃遣信報少孤云兄病篤狼狽至都時賢見之者莫不嗟重因相謂曰少孤如此萬年可死袁宏孟處士銘曰處士名陋字少孤武昌陽新人吳司空孟宗後也少而希古布衣蔬食棲遲蓬蓽之下絕人間之事親族慕其孝大將軍命會稽王辟之稱疾不至相府歷年虛位而澹然無悶卒不降志時人奇之

○值。
○当是「履」。
○枯木朽株
○「出京邑」即入京邑。

○宋本无。
○运用吐纳。

宋本无

运用吐纳

康僧淵在豫章去郭數十里立精舍旁連嶺帶長川芳林列於軒庭清流激於堂宇乃閒居研講希心理味庾公諸人多往看之觀其運用吐納風流轉佳加已處之怡然亦有以自得聲名乃興後不堪遂出僧淵已見

戴安道既厲操東山續晉陽秋曰逵不樂當世以琴書自娛隱會稽剡山國子博士徵不就而其兄欲建式遏之功戴氏譜曰逯字安丘譙國人祖碩父綏有名位逯以武勇顯有功封廣陵侯仕至大司農謝太傅曰卿兄弟志業何其太殊戴曰下官不堪其憂家弟不改其樂

許玄度隱在永興南幽穴中每致四方諸侯之遺或謂許曰嘗聞箕山人似不爾耳許曰筐篚苞苴故當輕於天下之寶耳鄭玄禮記注云苞苴裹肉也或以葦或以茅此言許由尚致堯帝之讓筐篚之遺豈非輕邪

郡指郡廨

艺文类聚三六、御览五一〇引作"始往居"、"如入官舍"

范宣未嘗入公門，韓康伯與同載，遂誘俱入郡，范便於車後趨下。續晉陽秋曰：宣少尚隱遁，家于豫章，以清潔自立。

郗超每聞欲高尚隱退者，輒爲辦百萬資，幷爲造立居宇。在剡爲戴公起宅，甚精整。戴始往舊居，與所親書曰：近至剡，如官舍。郗爲傅約亦辦百萬資，傅隱事差互，故不果遺。約，瓊小字。

許掾好遊山水，而體便登陟。時人云：許非徒有勝情，實有濟勝之具。

郗尚書與謝居士善，常稱謝慶緒識見雖不絕人，可以累心處都盡。尚書，郗恢也，別見。檀道鸞續晉陽秋曰：謝敷，字慶緒，會稽人。崇信釋氏，初入太平山中十餘年，以長齋供養爲業，招引同事，化納不倦。以母老還南山若邪中。內史郗愔表薦之，徵博士，不就。初，月犯少微星，一名處士星，占云以處士當之。時戴逵居剡，旣美才藝，而交遊貴盛，先敷著名，時人憂之。俄而敷死，會稽人士以嘲吳人云：吳中高士，便是求死不得。

○『郡』，指郡廨。

○艺文类聚三六、御览五一〇引作『始往居』、『如入官舍』。

○谏。
○造次不能别房帷。

造次不能别房帷

諫

賢媛第十九

陳嬰者東陽人少脩德行箸稱鄉黨秦末大亂東陽人欲奉嬰爲主母曰不可自我爲汝家婦少見貧賤一旦富貴不祥不如以兵屬人事成少受其利不成禍有所歸史記曰嬰故東陽令史居縣素信爲長者東陽人欲立長乃請嬰嬰母見之乃以兵屬項梁梁以嬰爲上柱國

漢元帝宮人既多乃令畫工圖之欲有呼者輒披圖召之其中常者皆行貨賂王明君姿容甚麗志不苟求工遂毀爲其狀後匈奴來和求美女於漢帝帝以明君充行既召見而惜之但名字已去不欲中改於是遂行漢書匈奴傳曰竟寧元年呼韓邪單于來朝自言願壻漢氏以自親元帝以後宮良家子王嬙字明君賜之單于懽喜上書願保塞文穎曰昭君本蜀郡秭歸人也琴操曰王昭君者齊國王穰女也年十七儀形絕麗以節聞國中長者求之者王皆不許乃獻漢元帝帝造次不能別房帷昭君恚怒之會單于遣使帝令宮

不举

危中

伏魄 当即覆魄

人裝出使者請一女帝乃謂宮中曰欲至單于者起昭君喟然越席而起帝視之大驚悔是時使者並見不得止乃賜單于單于大說獻諸珍物昭君有子曰世違單于死世違繼立凡爲胡者父死妻母昭君問世違曰汝爲漢也爲胡也世違曰欲爲胡耳昭君乃吞藥自殺石季倫曰昭以觸文帝諱故改爲明

漢成帝幸趙飛燕飛燕讒班婕妤祝詛於是考問辭曰妾聞死生有命富貴在天脩善尚不蒙福爲邪欲以何望若鬼神有知不受邪佞之訴若其無知訴之何益故不爲也漢書外戚傳曰成帝趙皇后本長安宮人初生父母不舉三日不死乃收養之及壯屬河陽主家學歌舞號曰飛燕帝微行過主見而說之召入宮大得幸立爲后班婕妤者雁門人成帝初選入宮大得幸立爲婕妤帝遊後庭嘗欲與同輦婕妤辭之趙飛燕譖許皇后及婕妤婕妤對有辭致上憐之賜黃金百斤飛燕嬌妒婕妤恐見危中求供養太后於長信宮帝崩婕妤充奉園陵薨葬園中

魏武帝崩文帝悉取武帝宮人自侍及帝病困卞后出看疾太后入戶見直侍並是昔日所愛幸者太后問何時來邪云正伏

○不举。

○危中。

○『伏魄』当即『覆魄』。

魄時過因不復前而歎曰狗鼠不食汝餘死故應爾至山陵亦竟不臨魏書曰武宣卞皇后琅邪開陽人以漢延熹三年生齊郡白亭有黃氣滿室移日父敬侯怪之以問卜者王越越曰此吉祥也年二十太祖納於譙性約儉不尙華麗有母儀德行

趙母嫁女女臨去敕之曰愼勿爲好女曰不爲好可爲惡邪母曰好尙不可爲其況惡乎列女傳曰趙姬者桐鄉令東郡虞韙妻潁川趙氏女也才敏多覽韙既沒文皇帝敬其文才詔入宮省上欲自征公孫淵姬上疏以諫作列女傳解號趙母注賦數十萬言赤烏六年卒淮南子曰人有嫁其女而敎之者曰爾爲善善人疾之對曰然則當爲不善乎曰善尙不可爲而況不善乎景獻羊皇后曰此言雖鄙可以命世人

許允婦是阮衛尉女德如妹魏略曰允字士宗高陽人少與清河崔贊俱發名於冀州仕至領軍將軍陳留志名曰阮共字伯彥尉氏人淸眞守道動以禮讓仕魏至衛尉卿少子侃字德如有俊才而飭以名理風儀雅潤與嵇康爲友仕至河內太守奇醜交禮竟允無復入理家人深以爲憂會允有

○前。

○敦煌本残类书：昔人有女，将嫁，其父诫之曰：『慎勿立善名。』女曰：『当作恶可乎？』父曰：『善名尚不可立，而况于恶乎？』后闻之曰：『善哉。训言「鸟恶网罗，人恶胜己」，岂虚也哉。』

○敦煌本残类书：许允妇者，阮卫尉德妹，奇丑有德艺。交礼，允更无复入，家人、父母深为忧。允会有客，婢视之，还答云：『是桓』。桓者，即桓范也。妇云：『无忧矣，当必劝入。』桓果语许允云：『阮家丑女嫁卿者，故当有意，卿宜察之。』门承儒胄，必有德艺。』许允便入，既见，即欲却出。妇知其出，当必不来，便捉其衫裾停之。许允因谓曰：『妇有四德，卿有其几？』妇答曰：『新妇所乏者，唯容耳。』即问允曰：『然士有百行，君有其几？』允云：『皆

容至婦令婢視之還答曰是桓郎桓郎者桓範也魏略曰範字允明沛郡人仕至大司農爲宣王所誅婦云無憂桓必勸入桓果語許云阮家既嫁醜女與卿故當有意卿宜察之許便回入內既見婦即欲出婦料其此出無復入理便捉裾停之許因謂曰婦有四德卿有其幾周禮九嬪掌婦學之法以教九御婦德婦言婦容婦功鄭注曰德謂貞順言謂辭令容謂婉娩功謂絲枲婦曰新婦所乏唯容爾然士有百行君有幾許云皆備婦曰夫百行以德爲首君好色不好德何謂皆備允有慚色遂相敬重

許允爲吏部郎多用其鄉里魏明帝遣虎賁收之其婦出誡允曰明主可以理奪難以情求既至帝覈問之允對曰舉爾所知臣之鄉人臣所知也陛下檢校爲稱職與不若不稱職臣受其罪既檢校皆官得其人於是乃釋允衣服敗壞詔賜新衣初允

世說新語卷下之上

备。』妇曰：『夫百行之中以德为首，君好色不好德，何谓皆□。』妇放衫，允不敢去，甚有愧惭色，乃谢过，遂雅相敬重。许允为吏部郎，多任用乡里，有人告明帝，明帝收之。其妇出阁，隔纱帐戒允曰：『明主可以理夺，难以情求。』允至帝前，核问。允对曰：『臣比奉诏，各令举尔所知。臣之乡人，臣所知也。陛下试之，若材称，赦臣罪；材不称职，请罪臣。』上覆之，皆官得其人。于是乃释允。衣服破坏，诏赐新衣物。允被收，举家号哭。阮新妇神色自若云：『必无忧，寻当还也。但煮仓米粥，待之。』顷之而至也。

事卽文本

走

本州謂冀州

被收舉家號哭阮新婦自若云勿憂尋還作粟粥待頃之允至魏氏春秋曰初允爲吏部選遷郡守明帝疑其所用非次將加其罪允妻阮氏跣出謂曰明主可以理奪不可以情求允領之而入帝怒詰之允對曰某郡太守雖限滿文書先至年限在後日限在前帝前取事視之乃釋然遣出望其衣敗曰清吏也

許允爲晉景王所誅門生走入告其婦婦正在機中神色不變曰蚤知爾耳魏志曰初領軍與夏侯玄李豐親善有詐作尺一詔書以玄爲大將軍允爲太尉共錄尚書事無何有人天未明乘馬以詔版付允門吏曰有詔因便驅走允投書燒之不以關呈景王魏略曰明年李豐被收允欲往見大將軍已出門允回遑不定中道還取袴大將軍聞而怪之曰我自收李豐士大夫何爲忽忽乎會鎮北將軍劉靜卒以允代靜大將軍與允書曰鎮北雖少事而都典一方念足下震華鼓建朱節歷本州此所謂著繡晝行也會有司奏允前擅以廚錢穀乞諸俳及其官屬減死徙邊道死魏氏春秋曰允之爲鎮北喜謂其妻曰吾知免矣妻曰禍見於此何免之有晉諸公贊曰允有正情與文帝不平遂幽殺之婦人集載阮氏與允書陳允禍患所起辭甚酸愴文多不錄門人欲藏其兒婦曰無豫諸兒事後徙居墓所景王遣鍾會看之若才流及父當

○事即文书。

○敦煌本残类书：许允为晋景王所诛，门□走入告其妇，妇正在机中织，神色不变，叹曰：『故知耳尔。』织仍不止。门生欲抱其儿藏之，妇曰：『无□君事』。后提子从居墓侧，积年露宿，晨夕哭临。景帝闻之，使大将军钟会看之，并视□□若子神采及父，当收养之，所司供给。帝惭其妇，悔之不已。

○走。

○本州谓冀州。

○受害之门，不令接近。

○敦煌本残类书：王公渊取诸葛诞女。入室，言语交，王谓妇曰：『新妇神采卑下，殊不似公休耶？』妇曰：『大丈夫不能髣髴彦云，而令妇人比踪英杰，岂不愧哉？』

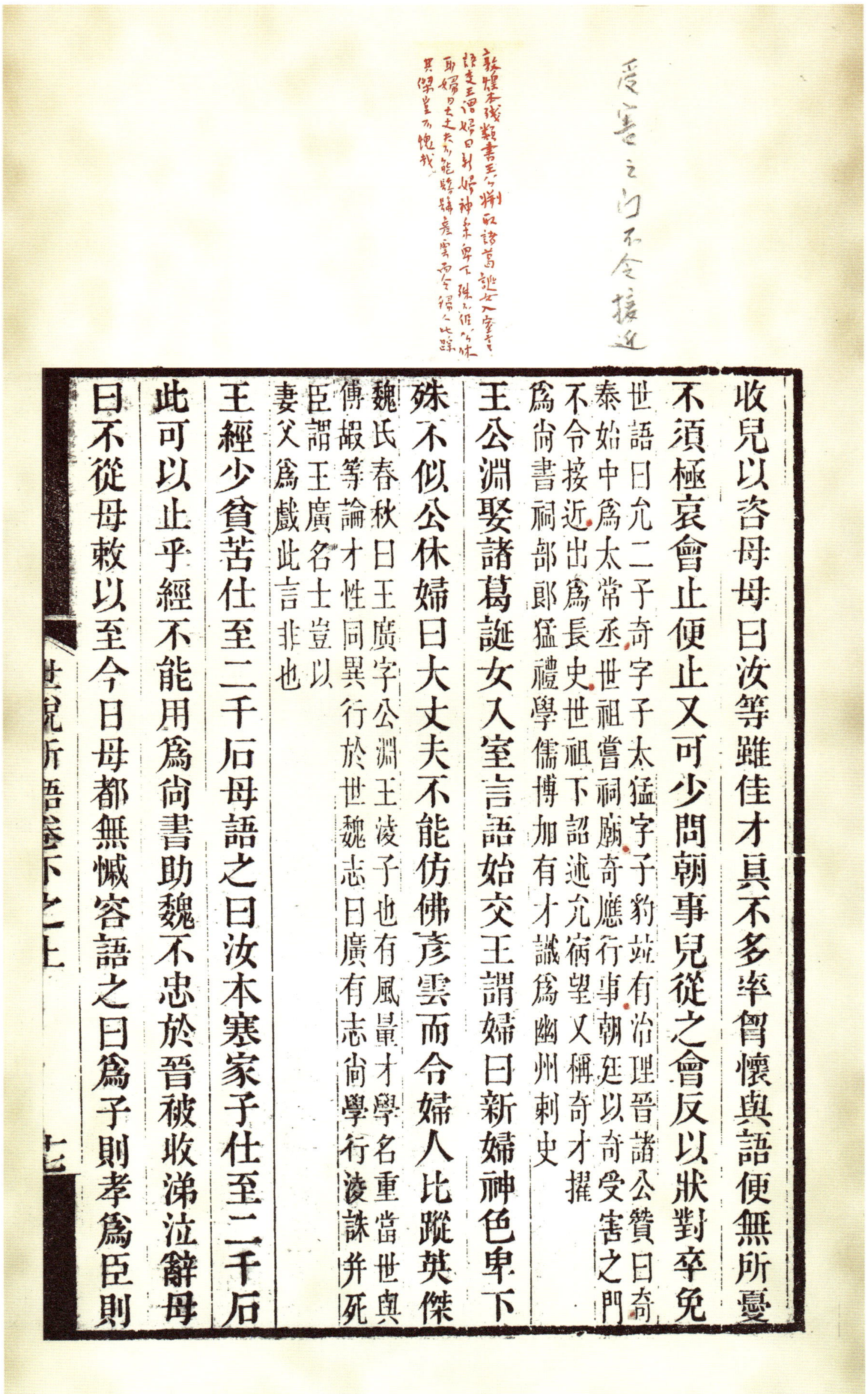
受害之門不令接近

敦煌本殘類書云王公淵取諸葛誕女入室言語交王謂婦曰新婦神采卑下殊不似公休婦曰大丈夫不能彷彿彦雲而令婦人比踪英傑豈不愧哉

收兒以咨母母曰汝等雖佳才具不多率胷懷與語便無所憂不須極哀會止便止又可少問朝事兒從之會反以狀對卒免世語曰允二子奇字子太猛字子豹並有治理晉諸公贊曰奇泰始中爲太常丞世祖嘗祠廟奇應行事朝廷以奇受害之門不令接近出爲長史世祖下詔述允宿望又稱奇才擢爲尚書祠部郎猛禮學儒博加有才識爲幽州刺史

王公淵娶諸葛誕女入室言語始交王謂婦曰新婦神色卑下殊不似公休婦曰大丈夫不能仿佛彦雲而令婦人比蹤英傑魏氏春秋曰王廣字公淵王淩子也有風量才學名重當世與傅嘏等論才性同異行於世魏志曰廣有志尚學行淩誅并死臣謂王廣名士豈以妻父爲戲此言非也

王經少貧苦仕至二千石母語之曰汝本寒家子仕至二千石此可以止乎經不能用爲尚書助魏不忠於晉被收涕泣辭母曰不從母敕以至今日母都無慽容語之曰爲子則孝爲臣則

世說新語卷下之上　七

〇识度。

识度

忠有孝有忠何負吾邪世語曰經字彥偉清河人高貴鄉公之難王沈王業馳告文王經以正直不出因沈業申意後誅經及其母晉諸公贊曰沈業將出呼經不從曰吾子行矣漢晉春秋曰初曹髦將自討司馬昭經諫曰昔魯昭不忍季氏敗走失國爲天下笑今權在其門久矣朝廷四方皆爲之致死不顧逆順之理非一日也且宿衞空闕寸刃無有陛下何所資用而一旦如此無乃欲除疾而更深之邪髦不聽後殺經并及其母將死垂泣謝母母顏色不變笑而謂曰人誰不死往所以止汝者恐不得其所也以此并命何恨之有干寶晉紀曰經正直不忠於我故誅之按傳暢干寶所記則是經實忠貞於魏而世語既謂其正直復云因沈業申意何其相反乎故二家之言深得之

山公與嵇阮一面契若金蘭山妻韓氏覺公與二人異於常交問公公曰我當年可以爲友者唯此二生耳妻曰負羈之妻亦親觀狐趙意欲窺之可乎他日二人來妻勸公止之宿具酒肉夜穿墉以視之達旦忘反公入曰二人何如妻曰君才致殊不如正當以識度相友耳公曰伊輩亦常以我度爲勝晉陽秋曰濤雅素恢

兵家子

地寒，不有長年，不得申其才用。品藻篇王珣疾條，珣亦言人不可以無年，謂其父洽年廿六而卒，名德過王坦之，而人以相比。

達度量弘遠心存事外而與時俛仰嘗與阮籍嵇康諸人著忘言之契至于羣子屯蹇於世濤獨保浩然之度王隱晉書曰韓氏有才識濤未仕時戲之曰忍寒我當作三公不知卿堪爲夫人不耳

王渾妻鍾氏生女令淑虞預晉書曰渾字玄沖太原晉陽人魏司徒昶子仕至司徒武子爲妹求簡美對而未得有兵家子有儁才欲以妹妻之乃白母王氏譜曰鍾夫人名琰之太傅繇之孫曰誠是才者其地可遺然要令我見武子乃令兵兒與羣小雜處使母帷中察之既而母謂武子曰如此衣形者是汝所擬者非邪武子曰是也母曰此才足以拔萃然地寒不有長年不得申其才用觀其形骨必不壽不可與婚武子從之兵兒數年果亡

賈充前婦是李豐女豐被誅離婚徙邊婦人集曰充妻李氏名婉字淑文豐誅徙樂浪後遇赦得還充先已取郭配女賈氏譜曰郭氏名玉璜卽廣宣君也武帝特聽置

世說新語卷六之上　七

○兵家子。
○地寒，不有长年，不得申其才用。品藻篇『王珣疾』条：珣亦言『人不可以无年』，谓其父洽年廿六而卒，名德过王坦之，而人以相比。

左右夫人李氏別住外不肯還充舍晉諸公贊曰世祖踐阼李氏赦還而齊獻王妃欲令充遣郭氏更納其母充不許爲李氏築宅而不往來充母柳氏將亡充問所欲言者柳曰我教汝迎李新婦尚不肯安問他事

郭氏語充欲就省李充曰彼剛介有才氣卿往不如不去充別傳曰李氏有淑性令才也郭氏於是盛威儀多將侍婢既至入戶李氏起迎郭不覺腳自屈因跪再拜既反語充充曰語卿道何物按晉諸公贊曰世祖以李豐得罪晉室又郭氏是太子妃母無離絕之理乃下詔敕斷不得往還而王隱晉書亦云充既與李絕婚更取城陽太守郭配女名槐李禁錮解詔充置左右夫人充母柳亦敕充迎李槐怒攘臂責充曰刊定律令爲佐命之功我有其分李那得與我並充乃架屋永年里中以安李槐晚乃知充出輒使人尋充詔許充置左右夫人充荅詔以謙讓不敢當盛禮晉贊既云世祖下詔不遣李還而王隱晉書及充別傳並言詔聽置立左右夫人充憚郭氏不敢迎李三家之說並不同未詳孰是然李氏不還別有餘故而世說云自不肯還謬矣且郭槐彊狠豈能就李而爲之拜乎皆爲虛也

賈充妻李氏作女訓行於世李氏女齊獻王妃郭氏女惠帝后

○忤观。

○敦煌本残类书：司徒王胄之妇，即是太傅钟□之女，有儁才女德。而钟氏与郝女为娣姒，雅相亲重。钟不以贵陵郝，郝不以贱下钟。东海家内，则郝夫人之令范；京陵家内，则钟夫人之轨仪。

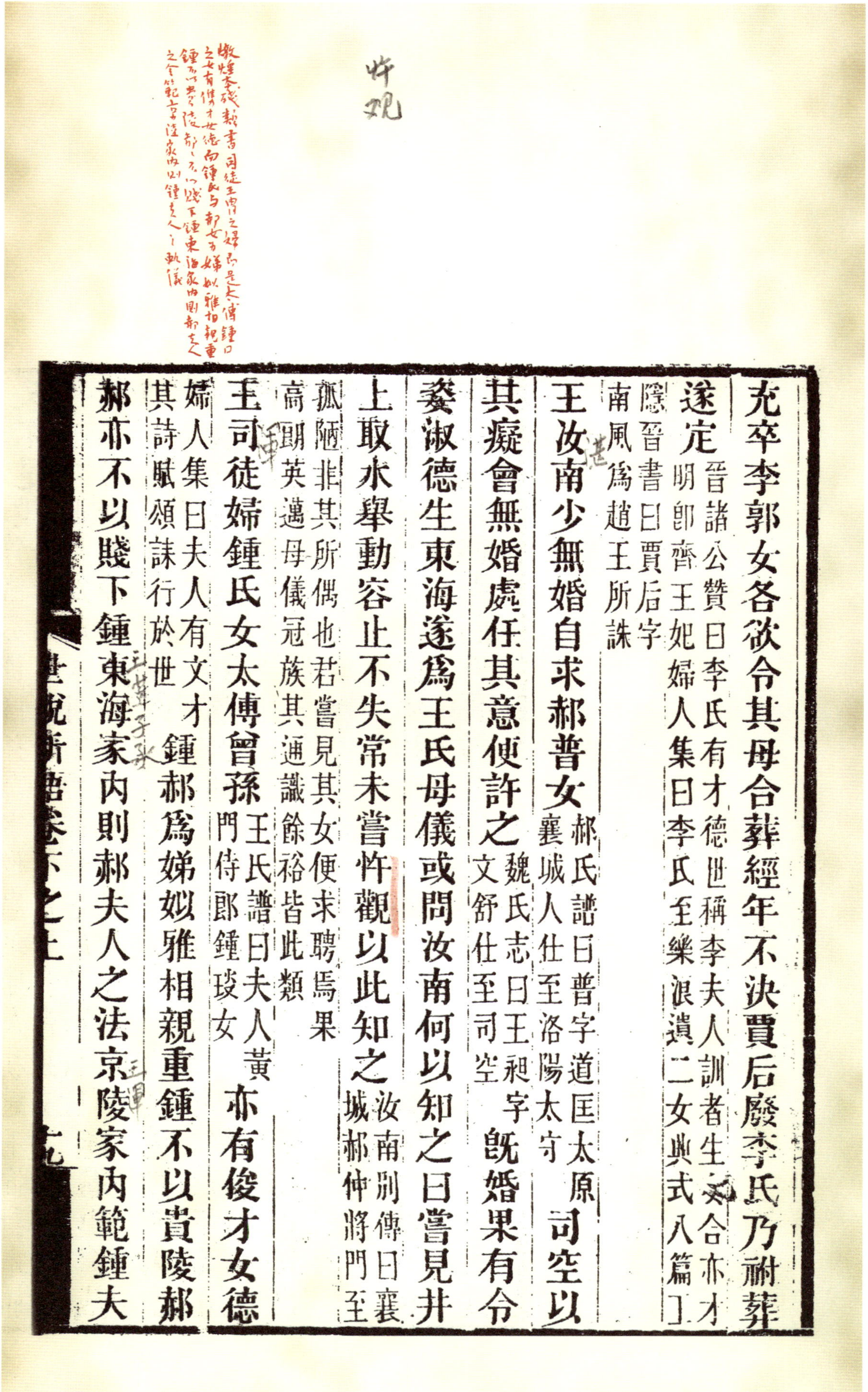

充卒李郭女各欲令其母合葬經年不決賈后廢李氏乃祔葬遂定晉諸公贊曰李氏有才德世稱李夫人訓者生之合亦才明郎齊王妃婦人集曰李氏至樂浪遺二女典式八篇隱晉書曰賈后字南風爲趙王所誅

王汝南少無婚自求郝普女郝氏譜曰普字道匡太原襄城人仕至洛陽太守司空以其癡會無婚處任其意便許之魏氏志曰王昶字文舒仕至司空既婚果有令姿淑德生東海遂爲王氏母儀或問汝南何以知之曰嘗見井上取水舉動容止不失常未嘗忤觀以此知之汝南別傳曰襄城郝仲將門至孤陋非其所偶也君嘗見其女便求聘焉果高朗英邁母儀冠族其通識餘裕皆此類

王司徒婦鍾氏女太傅曾孫王氏譜曰夫人黃門侍郎鍾琰女亦有俊才女德婦人集曰夫人有文才其詩賦頌誄行於世鍾郝爲娣姒雅相親重鍾不以貴陵郝郝亦不以賤下鍾東海家內則郝夫人之法京陵家內範鍾夫

世說新語卷下之上 十九

髻中疏

直叫绝

人之禮

李平陽秦州子李重已見永嘉流人名曰康字玄胄江夏人魏秦州刺史中夏名士于時以比王夷甫孫秀初欲立威權咸云樂令民望不可殺減李重者又不足殺晉諸公贊曰孫秀字俊忠瑯邪人初趙王倫封瑯邪秀給爲近職小吏倫數使秀作書疏文才稱倫意倫封趙秀徙戶爲趙人用爲侍郎信任之晉陽秋曰倫篡位秀爲中書令事皆決於秀爲齊王所誅遂逼重自裁初重在家有人走從門入出髻中疏示重重看之色動入內示其女女直叫絕了其意出則自裁按諸書皆云重知趙王倫作亂有疾不治遂以致卒而此書乃言自裁甚乖謬且倫秀兇虐動加誅夷欲立威權自當顯戮何爲逼令自裁此女甚高明重每咨焉

周浚作安東時行獵値暴雨過汝南李氏李氏富足而男子不在有女名絡秀聞外有貴人與一婢於內宰豬羊作數十人飲

○髻中疏。○直叫绝。

○作亲亲。
○方幅齿遇。
○敦煌本残类书『卖发』条记侃母事言：『陶侃字士衡，丹阳人也。鄱阳范逵遇侃宿』云云。丹，当是误字。
○卖发。

作親々
方幅齒遇

敦煌本殘類書賣髮條記侃母事言陶侃字士衡丹陽人也鄱陽范逵遇侃宿云云丹當是誤字

賣发

食事事精辦不聞有人聲密覘之獨見一女子狀貌非常浚因求爲妾父兄不許絡秀曰門戶殄瘁何惜一女若連姻貴族將來或大益父兄從之（八王故事曰浚字開林汝南安城人少有才名太康初爲吳御史中丞出爲揚州刺史元康初加安東將軍）遂生伯仁兄弟絡秀語伯仁等我所以屈節爲汝家作妾門戶計耳（按周氏譜浚取同郡李伯宗女此云爲妾妄耳）汝若不與吾家作親親者吾亦不惜餘年伯仁等悉從命由此李氏在世得方幅齒遇

陶公少有大志家酷貧與母湛氏同居同郡范逵素知名舉孝廉（逵未詳）投侃宿于時冰雪積日侃室如懸磬而逵馬僕甚多侃母湛氏語侃曰汝但出外留客吾自爲計湛頭髮委地下爲二髲（一作髮）賣得數斛米斫諸屋柱悉割半爲薪剉諸薦以爲馬草

○「十郡」当作「本郡」。

○鲊。

十郡当作本郡

鲊

日夕遂設精食從者皆無所乏逵既歎其才辯又深愧其厚意明旦去侃追送不已且百里許逵曰路已遠君宜還侃猶不返逵曰卿可去矣至洛陽當相爲美談侃迺返逵及洛遂稱之於羊晫顧榮諸人大獲美譽晉陽秋曰侃父丹娶新淦湛氏女生侃湛虔恭有智算以陶氏貧賤紡績以資給侃使交結勝己侃少爲尋陽吏鄱陽孝廉范逵嘗過侃宿時大雪侃家無草湛徹所臥薦剉給陰截髮賣以供調逵聞之歎息逵去侃追送之逵曰豈欲仕乎侃曰有仕郡意逵曰當相談致過廬江向太守張夔稱之召補吏舉孝廉除郎中時豫章顧榮或責羊晫曰君奈何與小人同輿晫曰此寒俊也王隱晉書曰侃母既截髮供客聞者歎曰非此母不生此子乃進之於張夔羊晫亦簡之後晫爲十郡中正舉侃爲鄱陽小中正始得上品也

陶公少時作魚梁吏嘗以坩鮓餉母母封鮓付使反書責侃曰汝爲吏以官物見餉非唯不益乃增吾憂也侃別傳曰母湛氏賢明有法訓侃在武昌與佐吏從容飲燕常有飲限或勸猶可少進侃悽然良久曰昔年少曾有酒失二親見約故不敢踰限及侃丁母憂在墓

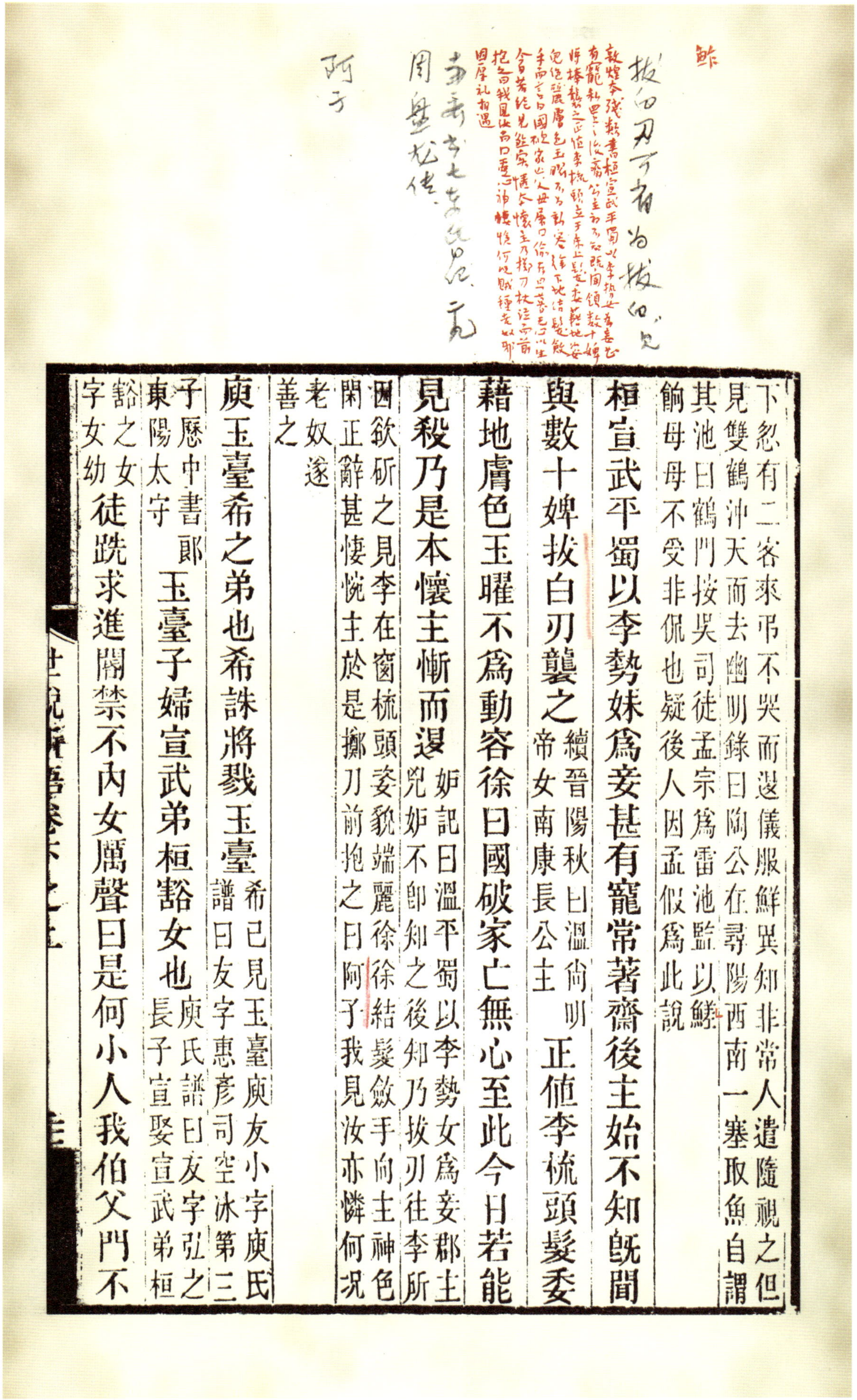

下忽有二客來弔不哭而退儀服鮮異知非常人遣隨視之但見雙鶴沖天而去幽明錄曰陶公在尋陽西南一塞取魚自謂其池曰鶴門按吳司徒孟宗爲雷池監以鮓餉母母不受非侃也疑後人因孟假爲此說

桓宣武平蜀以李勢妹爲妾甚有寵常著齋後主始不知旣聞與數十婢拔白刃襲之續晉陽秋曰溫尙明帝女南康長公主正值李梳頭髮委藉地膚色玉曜不爲動容徐曰國破家亡無心至此今日若能見殺乃是本懷主慚而退妒記曰溫平蜀以李勢女爲妾郡主兇妒不卽知之後知乃拔刃往李所因欲斫之見李在窗梳頭姿貌端麗徐徐結髮斂手向主神色閑正辭甚悽惋主於是擲刀前抱之曰阿子我見汝亦憐何況老奴遂善之

庾玉臺希之弟也希誅將戮玉臺希已見玉臺庾友小字庾氏譜曰友字惠彥司空冰第三子歷中書郎東陽太守玉臺子婦宣武弟桓豁女也庾氏譜曰友字弘之長子宣娶宣武弟桓豁之女字女幼徒跣求進閽禁不內女厲聲曰是何小人我伯父門不

○鲊。

○『拔白刃』可省为拔白，见南齐书七东昏纪、二九周盘龙传。

○敦煌本残类书：桓宣武平蜀，以李势女为妾，甚有宠，私置之后斋。公主初不知，既闻，领数十婢将棒袭之。正值李梳头立于床上，发委藉地，姿貌绝丽，肤色玉曜。不为动容，徐下地，结发敛手而言曰：『国破家亡，父母屠□，偷存旦暮，无心以生，今日若能见煞，实惬本怀。』主乃掷刀杖，泣而前，抱之曰：『我见汝尚□爱，心神凄怆，何况贼种老奴耶？』因厚礼相遇。

○阿子。

前　作賊　妙　屣

聽我前因突入號泣請曰庾玉臺常因人腳短三寸當復能作賊不宣武笑曰壻故自急遂原玉臺一門（中興書曰桓溫殺庾希弟倩希聞難而逃希弟友當伏誅子婦桓氏女請溫得宥）

謝公夫人幃諸婢使在前作伎使太傅暫見便下幃太傅索更開夫人云恐傷盛德（劉夫人已見）

桓車騎不好箸新衣浴後婦故送新衣與（桓氏譜曰沖娶瑯邪王恬女字女宗）車騎大怒催使持去婦更持還傳語云衣不經新何由而故桓公大笑箸之

王右軍郗夫人謂二弟司空中郎曰（司空愔已見郗曇別傳曰曇字重熙鑒少子性韻方質和正沈簡累遷丹陽尹北中郎將徐兗二州刺史）王家見二謝傾筐倒庋（二謝安萬）見汝輩來平平爾汝可無煩復往

○前。○作賊。○妙！○屣。

〇宋本『材』作『身』，是也。『人身』，六朝人习语。如宋书一百序传：『沈邵，人身不恶。』梁书廿陈伯之传：『临川内史王观，僧虔之孙。人身不恶，便可召为长史。』魏书二十四崔道固传：『崔道固人身如此，岂可为寒士至老乎？』北齐书卅一王昕传亦有『好门户，恶人身』之语。北齐书三九祖珽传：『项羽人身亦何由可及。』

〇亦曰『身材』。北齐书卅八赵彦深传：『叔坚身材最劣。』

宋本材作身是也人身六朝人習語如宋書一百序傳沈邵人身不惡梁書廿陳伯之傳臨川内史王觀僧虔之孫人身不惡便可召為長史魏書二十四崔道固傳崔道固人身如此豈可為寒士至老乎北齊書卅一王昕傳亦有好門戶惡人身之語北齊書三九祖珽傳項羽人身亦何由可及亦曰身材北齊書卅八趙彥深傳叔堅身材最劣

王凝之謝夫人既往王氏大薄凝之既還謝家意大不說太傅慰釋之曰王郎逸少之子人材亦不惡汝何以恨乃爾答曰一門叔父則有阿大中郎羣從兄弟則有封胡遏末封胡謝韶小字遏末謝淵小字韶字穆度萬子車騎司馬淵字叔度奕第二子義興太守時人稱其尤彥秀者或曰封胡遏末封謂韶胡謂朗遏謂玄末謂淵一作胡謂淵遏謂玄末謂韶也不意天壤之中乃有王郎

韓康伯母隱古几毀壞卞鞠見几惡欲易之鞠卞範之母之外孫也答曰我若不隱此汝何以得見古物

王江州夫人語謝遏曰汝何以都不復進夫人玄之妹爲是塵務經心天分有限

郗嘉賓喪婦兄弟欲迎妹還終不肯歸郗氏譜曰超娶汝南周閔女名馬頭曰生縱不得與郗郎同室死寧不同穴毛詩曰穀則異室死則同穴鄭玄注曰穴謂壙中墟也

世說新語卷下之七　三

謝遏絕重其姊張玄常稱其妹欲以敵之有濟尼者竝遊張謝二家人問其優劣荅曰王夫人神情散朗故有林下風氣顧家婦清心玉映自是閨房之秀

王尚書惠嘗看王右軍夫人（宋書曰惠字令明瑯邪人歷吏部尚書贈太常卿）問眼耳未覺惡不（婦人集載謝表曰妾年九十孤骸獨存願蒙哀矜賜其鞠養）荅曰髮白齒落屬乎形骸至於眼耳關於神明那可便與人隔

韓康伯母殷隨孫繪之之衡陽（韓氏譜曰繪之字季倫父康伯太常卿繪之仕至衡陽太守）於闔廬洲中逢桓南郡卞鞠是其外孫時來問訊謂鞠曰我不死見此豎二世作賊在衡陽數年繪之遇桓景眞之難也（續晉陽秋曰桓亮字景眞大司馬溫之孫父濟給事中叔父玄篡逆見誅亮聚眾於長沙自號湘州刺史殺太宰甄恭衡陽前太守韓繪之等十餘人爲劉毅軍人郭珍斬之）殷撫屍哭曰汝父昔罷豫章徵書朝至夕發

音

汝去郡邑數年爲物不得動遂及於難夫復何言

術解第二十

荀勖善解音聲時論謂之闇解遂調律呂正雅樂每至正會殿庭作樂自調宮商無不諧韻阮咸妙賞時謂神解每公會作樂而心謂之不調既無一言直勖意忌之遂出阮爲始平太守後有一田父耕於野得周時玉尺便是天下正尺荀試以校己所治鐘鼓金石絲竹皆覺短一黍於是伏阮神識晉後略曰鐘律之器自周之末廢而漢成哀之間諸儒修而治之至後漢末復隳矣魏氏使協律知音者杜夔造之不能考之典禮徒依于時絲管之聲時之尺寸而制之甚乖失禮度於是世祖命中書監荀勖依典制定鐘律既鑄律管募求古器得周時玉律數枚比之不差又諸郡舍倉庫或有漢時故鐘以律命之皆不叩而應聲響韻合又若俱成晉諸公贊曰律成散騎侍郎阮咸謂勖所造聲高高則悲夫亡國之音哀以思其民困今聲不合雅懼非德政中和之音必是古今尺有長短所致然今鐘磬是魏時杜夔所造不與勖

○音。

律相應音聲舒雅而久不知夔所造時人爲之不足改易勖性自矜乃因事左遷咸爲始平太守而病卒後得地中古銅尺校度勖今尺短四分方明咸果解音然無能正者于寶晉紀曰荀勖始造正德大象之舞以魏杜夔所制律呂校大樂本音不和後漢至魏尺長於古四分有餘而夔據之是以失韻乃依周禮積粟以起度量以度古器符于本銘遂以爲式用之郊廟

荀勖嘗在晉武帝坐上食筍進飯謂在坐人曰此是勞薪炊也坐者未之信密遣問之實用故車腳

南齐书三十薛渊传去车脚使人舉之

人有相羊祜父墓後應出受命君祜惡其言遂掘斷墓後以壞其勢相者立視之曰猶應出折臂三公俄而祜墮馬折臂位果至公幽明錄曰羊祜工騎乘有一兒五六歲端明可喜掘墓之後兒即亡羊時爲襄陽都督因盤馬落地遂折臂于時士林咸歎其忠誠

王武子善解馬性嘗乘一馬著連錢障泥前有水終日不肯渡王云此必是惜障泥使人解去便徑渡語林曰武子性愛馬亦甚別之故杜預道王武

别马

○南齐书三十薛渊传：「去车脚，使人轝之。」
○别马。

子有馬癖和長輿有錢癖武帝問杜預卿有何癖對曰臣有左傳癖

陳述爲大將軍掾甚見愛重及亡郭璞往哭之甚哀乃呼曰嗣祖焉知非福俄而大將軍作亂如其所言陳氏譜曰述字嗣祖潁川許昌人有美名

晉明帝解占冢宅聞郭璞爲人葬帝微服往看因問主人何以葬龍角此法當滅族主人曰郭云此葬龍耳不出三年當致天子帝問爲是出天子邪答曰非出天子能致天子問耳青烏子相冢書曰葬龍之角暴富貴後當滅門

郭景純過江居于暨陽墓去水不盈百步時人以爲近水景純曰將當爲陸璞別傳曰璞少好經術明解卜筮永嘉中海內將亂璞投策歎曰黔黎將同異類矣便結親暱十餘家南渡江居於暨陽今沙漲去墓數十里皆爲桑田其詩曰北阜烈烈巨海混混壘壘三墳唯母與昆

别洒　文下

王丞相令郭璞試作一卦卦成郭意色甚惡云公有震厄王問有可消伏理不郭曰命駕西出數里得一柏樹截斷如公長置牀上常寢處災可消矣王從其語數日中果震柏粉碎子弟皆稱慶王隱晉書曰璞消災轉禍扶厄擇勝時人咸言京管不及大將軍云君乃復委罪於樹木

桓公有主簿善別酒有酒輒令先嘗好者謂青州從事惡者謂平原督郵青州有齊郡平原有鬲縣從事言到臍督郵言在鬲上住

郗愔信道甚精勤常患腹內惡諸醫不可療聞于法開有名往迎之既來便脈云君侯所患正是精進太過所致耳合一劑湯與之一服即大下去數段許紙如拳大剖看乃先所服符也晉書

○别酒。
○大下。

曰法開善醫術嘗行莫投主人妻產而兒積日不墮法開曰此易治耳殺一肥羊食十餘臠而針之須臾兒下羊膋裹兒出其精妙如此

殷中軍妙解經脈中年都廢有常所給使忽叩頭流血浩問其故云有死事終不可說詰問良久乃云小人母年垂百歲抱疾來久若蒙官一脈便有活理訖就屠戮無恨浩感其至性遂令舁來爲診脈處方始服一劑湯便愈於是悉焚經方

巧藝第二十一

彈棊始自魏宮內用妝奩戲傅玄彈棊賦敘曰漢成帝好蹴踘劉向以謂勞人體竭人力非至尊所宜御乃因其體作彈棊今觀其道蹴踘道也按玄此言則彈棊之戲其來久矣且梁冀傳云冀善彈棊格五而此云起魏世謬矣文帝於此戲特妙用手巾角拂之無不中有客自云能帝使爲之客著葛巾角低頭拂棊妙踰於帝典論常自敘曰戲弄之事少所喜唯彈棊略盡

其妙少時嘗爲之賦昔京師少工有二馬合鄉侯東方世安張公子常恨不得與之對也博物志曰帝善彈棊能用手巾角時有一書生又能低頭以所冠葛巾角撇棊也

陵雲臺樓觀精巧先稱平衆木輕重然後造構乃無錙銖相負揭臺雖高峻常隨風搖動而終無傾倒之理魏明帝登臺懼其勢危別以大材扶持之樓即頹壞論者謂輕重力偏故也洛陽宮殿簿曰陵雲臺上壁方十三丈高九尺樓方四丈高五丈棟去地十三丈五尺七寸五分也

韋仲將能書魏明帝起殿欲安榜使仲將登梯題之既下頭鬢皓然因敕兒孫勿復學書文章敘錄曰韋誕字仲將京兆杜陵人太僕端子有文學善屬辭以光祿大夫卒衛恆四體書勢曰誕善楷書魏宮觀多誕所題明帝立陵霄觀誤先釘榜乃籠盛誕轆轤長絙引上使就題之去地二十五丈誕甚危懼乃戒子孫絕此楷法箸之家令

鍾會是荀濟北從舅二人情好不協荀有寶劍可直百萬常在

○钞书。
○南都赋图。

抄书
南都赋图

母鍾夫人許孔氏志怪曰勖以寶劍付妻會善書學荀手跡作書與母取劍仍竊去不還世語曰會善學人書伐蜀之役於劍閣要鄧艾章表皆約其言令詞旨倨傲多自矜伐又由此被收也荀勖知是鍾而無由得也思所以報之後鍾兄弟以千萬起一宅始成甚精麗未得移住荀極善畫乃潛往畫鍾門堂作太傅形象衣冠狀貌如平生二鍾入門便大感慟宅遂空廢孔氏志怪曰于時咸謂勖之報會過於所失數十倍彼此書畫巧妙之極

羊長和博學工書文字志曰忱性能草書亦善行隸有稱於一時能騎射善圍棊諸羊後多知書而射奕餘蓺莫逮

戴安道就范宣學中興書曰逵不遠千里往豫章詣范宣宣見逵異之以兄女妻焉視范所爲范讀書亦讀書范鈔書亦鈔書唯獨好畫范以爲無用不宜勞思於此戴乃畫南都賦圖范看畢咨嗟甚以爲有益始重畫

○复。
○画行象。
○神明。
○识具。
○神明。

謝太傅云顧長康畫有蒼生來所無 續晉陽秋曰愷之尤好丹青妙絕於時曾以一廚畫寄桓玄皆其絕者深所珍惜悉糊題其前桓乃發廚後取之好加理後愷之見封題如初而畫並不存直云妙畫通靈變化而去如人之登仙矣

戴安道中年畫行像甚精妙庾道季看之語戴云神明太俗由卿世情未盡戴云唯務光當免卿此語耳 列仙傳曰務光夏時人也耳長七寸好鼓琴服菖蒲韭根湯將伐桀謀於光光曰非吾事也湯曰伊尹何如務光曰彊力忍詬不知其它湯克天下讓於光光曰吾聞無道之世不踐其土況讓我乎負石自沈於盧水

顧長康畫裴叔則頰上益三毛人問其故顧曰裴楷儁朗有識具正此是其識具看畫者尋之定覺益三毛如有神明殊勝未安時 愷之歷畫古賢皆爲之贊也

王中郎以圍棊是坐隱支公以圍棊爲手談 博物志曰堯作圍棊以教丹朱語林

○方幅。
○写起人形。
○登御床。

曰王以圍棊爲手談故其在哀制中祥後客來方幅會戲

顧長康好寫起人形續晉陽秋曰愷之圖寫特妙欲圖殷荊州殷曰我形惡不煩耳顧曰明府正爲眼爾仲堪眇目故也但明點童子飛白拂其上使如輕雲之蔽日日一作月

顧長康畫謝幼輿在巖石裏人問其所以顧曰謝云一丘一壑自謂過之此子宜置丘壑中

顧長康畫人或數年不點目精人問其故顧曰四體妍蚩本無闕於妙處傳神寫照正在阿堵中

顧長康道畫手揮五絃易目送歸鴻難

寵禮第二十二

元帝正會引王丞相登御牀王公固辭中宗引之彌苦王公曰

升御座　莅名　传教

使太陽與萬物同暉臣下何以瞻仰中興書曰元帝登尊號百官陪位詔王導升御坐固辭然後止

桓宣武嘗請參佐入宿袁宏伏滔相次而至莅名府中復有袁參軍彥伯疑焉令傳教更質傳教曰參軍是袁伏之袁復何所疑

王珣郗超竝有奇才爲大司馬所眷拔珣爲主簿超爲記室參軍超爲人多須珣狀短小于時荆州爲之語曰髯參軍短主簿能令公喜能令公怒續晉陽秋曰超有才能珣有器望竝爲溫所暱

許玄度停都一月劉尹無日不往乃歎曰卿復少時不去我成輕薄京尹語林曰玄度出都眞長九日十一詣之曰卿尚不去使我成薄德二千石

孝武在西堂會伏滔預坐還下車呼其兒兒即系也王淵之文章錄曰系字敬魯仕

○升御座。
○莅名。
○传教。

○竹林七贤。

竹林七賢

至光祿大夫語之曰百人高會臨坐未得他語先問伏滔何在在此不此故未易得爲人作父如此何如

卞範之爲丹陽尹羊孚南州暫還往卞許云下官疾動不堪坐卞便開帳拂褥羊徑上大牀入被須枕卞回坐傾睞移晨達莫羊去卞語曰我以第一理期卿卿莫負我丘淵之文章錄曰範之字敬祖濟陰宛句人祖嘏下邳太守父循尚書郎桓玄輔政範之遷丹陽尹玄敗伏誅

任誕第二十三

陳留阮籍譙國嵇康河內山濤三人年皆相比康年少亞之預此契者沛國劉伶陳留阮咸河內向秀琅邪王戎七人常集于竹林之下肆意酣暢故世謂竹林七賢晉陽秋曰于時風譽扇于海內至于今詠之

阮籍遭母喪在晉文王坐進酒肉司隸何曾亦在坐晉諸公贊曰何曾字

○以孝治天下。
○憚。
○重喪。

（潁考陳郡陽夏人父夔魏太僕曾以高雅稱加性仁孝果遷司隸校尉用心甚正朝廷師之仕晉至太宰）曰明公方以孝治天下而阮籍以重喪顯於公坐飲酒食肉宜流之海外以正風教文王曰嗣宗毀頓如此君不能共憂之何謂且有疾而飲酒食肉固喪禮也籍飲噉不輟神色自若（干寶晉紀曰何曾嘗謂阮籍曰卿恣情任性敗俗之人也今忠賢執政綜核名實若卿之徒何可長也復言之於太祖籍飲噉不輟故魏晉之閒有被髮夷傲之事背死忘生之人反謂行禮者籍為之也魏氏春秋曰籍性至孝居喪雖不率常禮而毀幾滅性然為文俗之士何曾等深所讐疾大將軍司馬昭愛其通偉而不加害也）

劉伶病酒渴甚從婦求酒婦捐酒毀器涕泣諫曰君飲太過非攝生之道必宜斷之伶曰甚善我不能自禁唯當祝鬼神自誓斷之耳便可具酒肉婦曰敬聞命供酒肉於神前請伶祝誓伶跪而祝曰天生劉伶以酒為名一飲一斛五斗解酲（毛公注曰酒病曰酲）

婦人之言愼不可聽便引酒進肉隗然已醉矣見竹林七賢論

劉公榮與人飲酒雜穢非類人或譏之荅曰勝公榮者不可不與飲不如公榮者亦不可不與飲是公榮輩者又不可不與飲故終日共飲而醉劉氏譜曰昶字公榮沛國人晉陽秋曰昶爲人通達仕至兖州刺史

步兵校尉缺廚中有貯酒數百斛阮籍乃求爲步兵校尉文士傳曰籍放誕有傲世情不樂仕宦晉文帝親愛籍恒與談戲任其所欲不迫以職事籍常從容曰平生曾遊東平樂其土風願得爲東平太守文帝說從其意籍便騎驢徑到郡皆壞府舍諸壁障使內外相望然後教令清寧十餘日便復騎驢去後聞步兵廚中有酒三百石忻然求爲校尉於是入府舍與劉伶酣飲竹林七賢論又云籍與伶共飲步兵廚中並醉而死此好事者爲之言籍景元中卒而劉伶太始中猶在

劉伶恆縱酒放達或脫衣裸形在屋中人見譏之伶曰我以天地爲棟宇屋室爲幝衣諸君何爲入我幝中鄧粲晉紀曰客有詣伶値其裸袒伶

〇大布。

大布

笑曰吾以天地爲宅舍以屋宇爲幝衣諸君自不當入我幝中又何惡乎其自任若是

阮籍嫂嘗還家籍見與別或譏之曲禮嫂叔不通問故譏之籍曰禮豈爲我輩設也

阮公鄰家婦有美色當壚酤酒阮與王安豐常從婦飲酒阮醉便眠其婦側夫始殊疑之伺察終無他意王隱晉書曰籍鄰家處子有才色未嫁而卒籍與無親生不相識往哭盡哀而去其達而無檢皆此類也

阮籍當葬母蒸一肥豚飲酒二斗然後臨訣直言窮矣都得一號因吐血廢頓良久鄧粲晉紀曰籍母將死與人圍棊如故對者求止籍不肯留與決賭既而飲酒三斗舉聲一號嘔血數升廢頓久之

阮仲容咸也步兵居道南諸阮居道北北阮皆富南阮貧七月七日北阮盛曬衣皆紗羅錦綺仲容以竿挂大布犢鼻幝於中庭

儒学 善居室
七月七日晒衣

晋书四九阮咸传作圍坐相向，大酌更飲，更飲即轮流。
作达

人或怪之答曰未能免俗聊復爾耳竹林七賢論曰諸阮前世皆儒學善居室唯咸一家尚道棄事好酒而貧舊俗七月七日法當曬衣諸阮庭中爛然錦綺咸時總角乃豎長竿挂犢鼻褌也

阮步兵籍也喪母裴令公楷也往弔之阮方醉散髮坐牀箕踞不哭裴至下席於地哭弔唁畢便去或問裴凡弔主人哭客乃爲禮阮既不哭君何爲哭裴曰阮方外之人故不崇禮制我輩俗中人故以儀軌自居時人歎爲兩得其中名士傳曰阮籍喪親不率常禮裴楷往弔之遇籍方醉散髮箕踞旁若無人楷哭泣盡哀而退了無異色其安同異如此戴逵論之曰若裴公之制弔欲冥外以護內有達意也有弘防也

諸阮皆能飲酒仲容至宗人間共集不復用常桮斟酌以大甕盛酒圍坐相向大酌時有羣豬來飲直接去上便共飲之

阮渾長成風氣韻度似父亦欲作達步兵曰仲容已預之卿不

○儒学，善居室。
○七月七日晒衣。
○晋书四九阮咸传作『围坐相向，大酌更饮』。更饮即轮流。
○作达。

得復爾竹林七賢論曰籍之抑渾蓋以渾未識己之所以爲達也後咸兄子簡亦以曠達自居父喪行遇大雪寒凍遂詣浚儀令令爲它賓設黍臛簡食之以致清議廢頓幾三十年是時竹林諸賢之風雖高而禮教尙峻迨元康中遂至放蕩越禮樂廣譏之曰名教中自有樂地何至於此樂令之言有旨哉謂彼非玄心徒利其縱恣而已

裴成公婦王戎女王戎晨往裴許不通徑前裴從牀南下女從北下相對作賓主了無異色裴氏家傳曰頠取戎長女

阮仲容先幸姑家鮮卑婢及居母喪姑當遠移初云當留婢既發定將去仲容借客驢著重服自追之累騎而返曰人種不可失卽遙集之母也竹林七賢論曰咸既追婢於是世議紛然自魏末沈淪閭巷逮晉咸寧中始登王途阮孚別傳曰咸與姑書曰胡婢遂生胡兒姑荅書曰魯靈光殿賦曰胡人遙集於上遙可字曰遙集也故孚字遙集

任愷既失權勢不復自檢括或謂和嶠曰卿何以坐視元裒敗而不救和曰元裒如北夏門拉攞自欲壞非一木所能支晉諸公贊

○清议。○通。○前。○作宾主。○『重服』即丧服也。晋书四七傅咸传：『逮至汉文，以天下体大，服重难久，遂制既葬而除。』○累骑。○世议。○拉攞。

○茗艼。
○白接籬。

茗艼　白接籬

曰愷字元裒樂安博昌人有雅識國幹萬機大小多綜之與賈充不平充乃啟愷掌吏部又使有司奏愷用御食器坐免官世祖情遂薄焉

劉道眞少時常漁草澤善歌嘯聞者莫不留連有一老嫗識其非常人甚樂其歌嘯乃殺豚進之道眞食豚盡了不謝嫗見不飽又進一豚食半餘半迺還之後爲吏部郎嫗兒爲小令史道眞超用之不知所由問母母告之於是齎牛酒詣道眞道眞曰去去無可復用相報劉寶已見

阮宣子常步行以百錢挂杖頭至酒店便獨酣暢雖當世貴盛不肯詣也名士傳曰修性簡任

山季倫爲荊州時出酣暢人爲之歌曰山公時一醉徑造高陽池日莫倒載歸茗艼無所知復能乘駿馬倒箸白接籬舉手問

葛彊何如并州兒高陽池在襄陽彊是其愛將并州人也襄陽記曰漢侍中習郁於峴山南依范蠡養魚法作魚池池邊有高隄種竹及長楸芙蓉蔆芡覆水是遊燕名處也山簡每臨此池未嘗不大醉而還曰此是我高陽池也襄陽小兒歌之

張季鷹縱任不拘時人號爲江東步兵或謂之曰卿乃可縱適一時獨不爲身後名邪荅曰使我有身後名不如卽時一杯酒文士傳曰翰任性自適無求當世時人貴其曠達

畢茂世云一手持蟹螯一手持酒桮拍浮酒池中便足了一生晉中興書曰畢卓字茂世新蔡人少傲達爲胡母輔之所知太興末爲吏部郎嘗飲酒廢職比舍郎釀酒熟卓因醉夜至其甕間取飲之主者謂是盜執而縛之知爲吏部也釋之卓遂引主人燕甕側取醉而去溫嶠素知愛卓請爲平南長史卒

賀司空入洛赴命爲太孫舍人經吳閶門在船中彈琴張季鷹本不相識先在金閶亭聞絃甚清下船就賀因共語便大相知

○南史四六：『乃脱衣，口衔三头，拍浮而还。』

○蟹螯。

○『拍浮』犹今言扑腾。

○𠙶山远公话（变文集页一九〇）『凡人渡水，第一须解怕（拍）浮，不解，徒劳入水』：则『拍浮』即游泳。

○糟肉堪久。

糟肉堪久

説問賀卿欲何之賀曰入洛赴命正爾進路張曰吾亦有事北京因路寄載便與賀同發初不告家家追問迺知

祖車騎過江時公私儉薄無好服玩王庾諸公共就祖忽見裘袍重疊珍飾盈列諸公怪問之祖曰昨夜復南塘一出祖于時恆自使健兒鼓行劫鈔在事之人亦容而不問晉陽秋曰逖性通濟不拘小節又賓從多是桀黠勇士逖待之皆如子弟永嘉中流民以萬數揚土大饑賓客攻剽逖輒擁護全衛談者以此少之故久不得調

鴻臚卿孔羣好飲酒王丞相語云卿何爲恆飲酒不見酒家覆瓿布日月糜爛羣曰不爾不見糟肉乃更堪久羣嘗書與親舊今年田得七百斛秫米不了麴糵事羣已見上

有人譏周僕射與親友言戲穢雜無檢節鄧粲晉紀曰王導與周顗及朝士詣尚書

（紀瞻觀伎瞻有愛妾能爲新聲顗於衆中欲通其妾露其醜穢顏無怍色有司奏免顗官詔特原之）周曰吾若萬里長江何能不千里一曲

溫太眞位未高時屢與揚州淮中估客樗蒱與輒不競嘗一過大輸物戲屈無因得反與庾亮善於舫中大喚亮曰卿可贖我庾即送直然後得還經此數四（中興書曰嶠有儁朗之目而不拘細行）

溫公喜慢語卞令禮法自居（卞壼別傳曰壼正色立朝百寮嚴憚貴遊子弟莫不祗肅）至庾公許大相剖擊溫發口鄙穢庾公徐曰太眞終日無鄙言（重其達也）

周伯仁風德雅重深達危亂過江積年恆大飲酒嘗經三日不醒時人謂之三日僕射（晉陽秋曰初顗以雅望獲海內盛名後屢以酒失庾亮曰周侯末年可謂鳳德之衰也語林曰伯仁正有姊喪三日醉姑喪二日醉大損資望每醉諸公常共屯守）

衞君長爲溫公長史溫公甚善之每率爾提酒脯就衞箕踞相

○厮下。

厮下

對彌日衞往溫許亦爾（衞永已見）

蘇峻亂諸庾逃散庾冰時爲吴郡單身奔亡民吏皆去唯郡卒獨以小船載冰出錢塘口蘧篨覆之時峻賞募覓冰屬所在搜檢甚急卒捨船市渚因飲酒醉還舞棹向船曰何處覓庾吴郡此中便是冰大惶怖然不敢動監司見船小裝狹謂卒狂醉都不復疑自送過淛江寄山陰魏家得免（中興書曰冰爲吴郡蘇峻作逆遣軍伐冰冰棄郡奔會稽）後事平冰欲報卒適其所願卒曰出自廝下不願名器少苦執鞭恆患不得快飲酒使其酒足餘年畢矣無所復須冰爲起大舍市奴婢使門內有百斛酒終其身時謂此卒非唯有智且亦達生

殷洪喬作豫章郡（殷氏譜曰羨字洪喬陳郡人父識鎮東司馬羨仕至豫章太守）臨去都下人

○上。

上

因附百許函書既至石頭悉擲水中因祝曰沈者自沈浮者自浮殷洪喬不能作致書郵

王長史謝仁祖同爲王公掾王濛別傳曰丞相王導辟名士時賢協贊中興旌命所加必延俊乂辟濛爲掾長史云謝掾能作異舞謝便起舞神意甚暇晉陽秋曰尚性通任善音樂語林曰謝鎮西酒後於槃案閒爲洛市肆工鴝鵒舞甚佳王公熟視謂客曰使人思安豐戎性通任尚類之

王劉共在杭南酣宴於桓子野家伊已見謝鎮西往尚書墓還葬後三日反哭諸人欲要之初遣一信猶未許然已停車重要便回駕諸人門外迎之把臂便下裁得脫幘箸帽酣宴半坐乃覺未脫衰尚書謝裒尚叔也已見宋明帝文章志曰尚性輕率不拘細行兄葬後往墓還王濛劉惔共遊新亭濛欲招尚先以問惔曰計仁祖正當不爲異同耳惔曰仁祖韻中自應來乃遣要之尚初辭然已無歸意及再請即回軒焉其率如此

○形势呼袒。

形勢呼袒

桓宣武少家貧戲大輸債主敦求甚切思自振之方莫知所出陳郡袁躭俊邁多能袁氏家傳曰躭字彥道陳郡陽夏人魏中郎令渙曾孫也䰠梧爽朗高風振邁少倜儻不羈有異才士人多歸之仕至司徒從事中郎宣武欲求救於躭躭時居艱恐致疑試以告焉應聲便許略無慊吝遂變服懷布帽隨溫去與債主戲躭素有蓺名債主就局曰汝故當不辦作袁彥道邪遂共戲十萬一擲直上百萬數投馬絕叫傍若無人探布帽擲對人曰汝竟識袁彥道不郭子曰桓公樗蒱失數百斛米求救於袁躭躭在艱中便云大快我必作采卿但大喚即脫其裘共出門去覺頭上有布帽擲去著小帽既戲袁形勢呼袒擲必盧雉二人齊叫敵家頃刻失數百萬也

王光祿云酒正使人人自遠光祿王蘊也續晉陽秋曰蘊素嗜酒末年尤甚及在會稽略少醒日

劉尹云孫承公狂士每至一處賞翫累日或回至半路卻返中興書曰承公少誕任不羈家於會稽性好山水及求鄞縣遺心細務縱意遊肆名阜盛川靡不歷覽

○设酒殊不清旨。

設酒殊不清旨

袁彥道有二妹一適殷淵源一適謝仁祖袁氏譜曰躭大妹名女皇適殷浩小妹名女正適謝尚語桓宣武云恨不更有一人配卿

桓車騎在荊州張玄爲侍中使至江陵路經陽岐村村臨江去荊州二百里俄見一人持半小籠生魚徑來造船云有魚欲寄作膾張乃維舟而納之問其姓字稱是劉遺民中興書曰劉驎之一字遺民已見張素聞其名大相忻待劉既知張銜命問謝安王文度竝佳不張甚欲話言劉了無停意既進膾便去云向得此魚觀君船上當有膾具是故來耳於是便去張乃追至劉家爲設酒殊不清旨張高其人不得已而飲之方共對飲劉便先起云今正伐荻不宜久廢張亦無以留之

王子猷詣郗雍州中興書曰郗恢字道胤高平人父曇北中郎將恢長八尺美鬚顏風神魁梧烈宗器之以

○毾㲪。
○觅。
○将无。
○有记功。

毾㲪 覓 將无 有記功

爲蕃伯之望自太子左率擢爲雍州刺史雍州在內見有毾㲪云阿乞那得此物阿乞恢小字令左右送還家郗出見之王曰向有大力者負之而趨莊子曰夫藏舟於壑藏山於澤謂之固矣然有大力者負之而走昧者不知也郗無忤色

謝安始出西戲失車牛便杖策步歸道逢劉尹語曰安石將無傷謝乃同載而歸

襄陽羅友有大韻少時多謂之癡嘗伺人祠欲乞食往太蚤門未開主人迎神出見問以非時何得在此荅曰聞卿祠欲乞一頓食耳遂隱門側至曉得食便退了無怍容爲人有記功從桓宣武平蜀按行蜀城闕觀宇內外道陌廣狹植種果竹多少皆默記之後宣武溧洲與簡文集友亦預焉共道蜀中事亦有所遺忘友皆名列曾無錯漏宣武驗以蜀城闕簿皆如其言坐者

○夕。○沓烏樏。○太不逮。○赴。○怪。

歎服謝公云羅友詎減魏陽元後爲廣州刺史當之鎮刺史桓豁語令莫來宿荅曰民已有前期主人貧或有酒饌之費見與甚有舊請別日奉命征西密遣人察之至日乃往荊州門下書佐家處之怡然不異勝達在益州語兒云我有五百人食器家中大驚其由來清而忽有此物定是二百五十沓烏樏晉陽秋曰友字宅仁襄陽人少好學不持節檢性嗜酒當其所遇不擇士庶又好伺人祠往乞餘食雖復營署壚肆不以爲羞桓溫常責之云君太不逮須食何不就身求乃至於此友傲然不屑荅曰就公乞食今乃可得明日已復無溫大笑之始仕荊州後在溫府以家貧乞祿溫雖以才學遇之而謂其誕肆非治民才許而不用後同府人有得郡者溫爲席起別友至尤晚問之友荅曰民性飲道嗜味昨奉教旨乃是首旦出門於中路逢一鬼大見揶揄云我只見汝送人作郡何以不見人送汝作郡民始怖終慚回還以解不覺成淹緩之罪溫雖笑其滑稽而心頗愧焉後以爲襄陽太守累遷廣益二州刺史在藩舉其宏綱不存小察甚爲吏民所安說薨於益州

○求前

求前

桓子野每聞清歌輒喚奈何謝公聞之曰子野可謂一往有深情

張湛好於齋前種松柏晉東宮官名曰湛字處度高平人張氏譜曰湛祖嶷正員郎父曠鎮軍司馬湛仕至中書郎時袁山松出遊每好令左右作挽歌山松別見續晉陽秋曰袁山松善音樂北人舊歌有行路難曲辭頗疎質山松好之乃爲文其章句婉其節制每因酒酣從而歌之聽者莫不流涕初羊曇善唱樂桓尹能挽歌及山松以行路難繼之時人謂之三絕今云挽歌未詳時人謂張屋下陳屍袁道上行殯裴啓語林曰張湛好於齋前種松養鴝鵒袁山松出遊好令左右作挽歌時人云云

羅友作荊州從事桓宣武爲王車騎集別車騎王洽別見友進坐良久辭出宣武曰卿向欲咨事何以便去答曰友聞白羊肉美一生未曾得喫故冒求前耳無事可咨今已飽不復須駐了無慚色

張驎酒後挽歌甚悽苦桓車騎曰卿非田橫門人何乃頓爾至

致。隣張湛小字也譙子法訓云有喪而歌者或曰彼爲樂喪也有不可乎譙子曰書云四海遏密八音何樂喪之有曰今喪有挽歌者何以哉譙子曰周聞之蓋高帝召齊田橫至于戸鄉亭自刎奉首從者挽至於宮不敢哭而不勝哀故爲歌以寄哀音彼則一時之爲也鄰有喪舂不相引挽人銜枚孰樂喪者邪按莊子曰紼謳所生必於斥苦司馬彪注曰紼引柩索也斥踈緩也苦用力也引紼所以有謳歌者爲人有用力不齊故促急之也春秋左氏傳曰魯哀公會吳伐齊其將公孫夏命歌虞殯杜預曰虞殯送葬歌示必死也史記絳侯世家曰周勃以吹簫樂喪然則挽歌之來久矣非始起於田橫也然譙氏引禮之文頗有明據非固陋者所能詳聞疑以傳疑以俟通博

王子猷嘗暫寄人空宅住便令種竹或問暫住何煩爾王嘯詠良久直指竹曰何可一日無此君。中興書曰徽之卓犖不羈欲爲傲達放肆聲色頗過度時人欽其才穢其行也

王子猷居山陰夜大雪眠覺開室命酌酒四望皎然因起仿偟詠左思招隱詩。中興書曰徽之任性放達棄官東歸居山陰也左詩曰杖策招隱士荒塗橫古今巖穴無結構

○前。
○出都。
○"相便串"，犹言相配合。"串"即"惯"。
○相闻。
○素官。

丘中有鳴琴白雪停陰岡丹葩曜陽林忽憶戴安道時戴在剡即便夜乘小船就之經宿方至造門不前而返人問其故王曰吾本乘興而行興盡而返何必見戴

王衛軍云酒正自引人箸勝地王薈已見

王子猷出都尚在渚下舊聞桓子野善吹笛續晉陽秋曰左將軍桓伊善音樂孝武飲讌謝安侍坐帝命伊吹笛伊神色無忤既吹一弄乃放笛云臣於箏乃不如笛然自足以韻合歌管臣有一奴善吹笛且相便串請進之帝賞其放率聽召奴奴既至吹笛伊撫箏而歌怨詩因以爲諫也而不相識遇桓於岸上過王在船中客有識之者云是桓子野王便令人與相聞云聞君善吹笛試爲我一奏桓時已貴顯素聞王名即便回下車踞胡牀爲作三調弄畢便上車去客主不交一言

桓南郡被召作太子洗馬玄別傳曰玄初拜太子洗馬時朝廷以溫有不臣之迹故抑玄爲素官

溫酒

字

大飲為上頓

船泊荻渚王大服散後已小醉往看桓桓爲設酒不能冷飲頻語左右令溫酒來桓乃流涕嗚咽王便欲去桓以手巾掩淚因謂王曰犯我家諱何預卿事晉安帝紀曰玄哀樂過人每歡戚之發未嘗不至嗚咽王歎曰靈寶故自達靈寶玄小字也異苑曰玄生而有光照室善占者云此兒生有奇耀宜目爲天人宣武嫌其三文復言爲神靈寶猶復用三旣難重前郤減神一字名曰靈寶語林曰玄不立忌日止立忌時其達而不拘皆此類

王孝伯問王大阮籍何如司馬相如王大曰阮籍胷中壘塊故須酒澆之言阮皆同相如而飲酒異耳

王佛大歎言三日不飲酒覺形神不復相親晉安帝紀曰忱少慕達好酒在荆州轉甚一飲或至連日不醒遂以此死宋明帝文章志曰忱嗜酒醉輒經日自號上頓世喭以大飲爲上頓起自忱也

王孝伯言名士不必須奇才但使常得無事痛飲酒熟讀離騷便可稱名士

○温酒。
○字。
○大饮为上顿。

王長史登茅山大慟哭曰琅邪王伯輿終當爲情死王氏譜曰廞字伯輿琅邪人父薈衛將軍廞歷司徒長史周祇隆安記曰初王恭將唱義使喻三吳廞居喪拔以爲吳國內史國寶既死恭罷兵令廞反喪服廞大怒即日據吳都以叛恭使司馬劉牢之討廞廞敗不知所在

簡傲第二十四

晉文王功德盛大坐席嚴敬擬於王者漢晉春秋曰文王進爵爲王司徒何曾與朝臣皆盡禮唯王祥長揖不拜唯阮籍在坐箕踞嘯歌酣放自若

王戎弱冠詣阮籍時劉公榮在坐阮謂王曰偶有二斗美酒當與君共飲彼公榮者無預焉二人交觴酬酢公榮遂不得一桮而言語談戲三人無異或有問之者阮荅曰勝公榮者不得不與飲酒不如公榮者不可不與飲酒唯公榮可不與飲酒晉陽秋曰戎年十五隨父渾在郎舍阮籍見而說焉每適渾俄頃輒在戎室久之乃謂渾濬沖清尚非卿倫也戎嘗詣籍共飲而劉昶在

○就。

就

坐不與馬昶無恨色既而戎問籍曰彼爲誰也曰劉公榮也濬沖曰勝公榮故與酒不如公榮不可不與酒唯公榮者可不與酒竹林七賢論曰初籍與戎父渾俱爲尚書郎每造渾坐未安輒曰與卿語不如與阿戎語就戎必日夕而返籍長戎二十歲相得如時輩劉公榮通士性尤好酒籍與戎酬酢終日而公榮不蒙一桮三人各自得也戎爲物論所先皆此類

鍾士季精有才理先不識嵇康鍾要于時賢儁之士俱往尋康康方大樹下鍛向子期爲佐鼓排康揚槌不輟傍若無人移時不交一言鍾起去康曰何所聞而來何所見而去鍾曰聞所聞而來見所見而去文士傳曰康性絕巧能鍛鐵家有盛柳樹乃激水以圜之夏天甚清涼恒居其下傲戲乃身自鍛家雖貧有人說鍛者康不受直唯親舊以雞酒往與共飲噉清言而已魏氏春秋曰鍾會爲大將軍兄弟所暱聞康名而造焉會名公子以才能貴幸乘肥衣輕賓從如雲康方箕踞而鍛會至不爲之禮會深銜之後因呂安事而遂譖康焉

嵇康與呂安善每一相思千里命駕晉陽秋曰安字中悌東平人冀州刺史招之第二子志量開曠有拔俗風氣干寶晉紀曰初安之交康也其相思則率爾命駕安後來値康不在喜出戶

延之不入晉百官名曰嵇喜字公穆歷揚州刺史康兄也阮籍遭喪往弔之籍能爲青白眼見凡俗之士以白眼對之及喜往籍不哭見其白眼喜不懌而退康聞之乃齎酒挾琴而造之遂相與善干寶晉紀曰安嘗從康或遇其行康兄喜拭席而待之弗顧獨坐車中康母就設酒食求康兒共與戲良久則去其輕貴如此題門上作鳳字而去喜不覺猶以爲欣故作鳳字凡鳥也許慎說文曰鳳神鳥也從鳥凡聲

陸士衡初入洛咨張公所宜詣劉道眞是其一陸既往劉尚在哀制中性嗜酒禮畢初無他言唯問東吳有長柄壺盧卿得種來不陸兄弟殊失望乃悔往

王平子出爲荊州晉陽秋曰惠帝時太尉王夷甫言於選者以弟澄爲荊州刺史從弟敦爲青州刺史澄敦俱詣太尉辭太尉謂曰今王室將卑故使弟等居齊楚之地外可以建霸業內足以匡帝室所望於二弟也王太尉及時賢送者傾路時庭中有大樹上有鵲巢平子脫衣巾徑上樹取鵲子涼衣拘閡樹枝便復脫去得鵲子還下弄神色自若

傍若無人鄧粲晉紀曰澄放蕩不拘時謂之達

高坐道人於丞相坐恆偃臥其側見卞令肅然改容云彼是禮法人高坐傳曰王公曾詣和上和上解帶偃伏悟言神解見尚書令卞望之便斂衿飾容時歎皆得其所

桓宣武作徐州時謝奕爲晉陵中興書曰奕自吏部郎出爲晉陵太守先粗經虛懷而乃無異常及桓還荊州將西之間意氣甚篤奕弗之疑唯謝虎子婦王悟其旨虎子謝據小字奕弟也其妻王氏已見每曰桓荊州用意殊異必與晉陵俱西矣俄而引奕爲司馬奕既上猶推布衣交在溫坐岸幘嘯詠無異常日宣武每曰我方外司馬遂因酒轉無朝夕禮桓舍入內奕輒復隨去後至奕醉溫往主許避之主曰君無狂司馬我何由得相見

謝萬在兄前欲起索便器于時阮思曠在坐曰新出門戶篤而

○『朝夕』疑即日常之意。謝奕传作『朝廷礼』。

○新出门户。

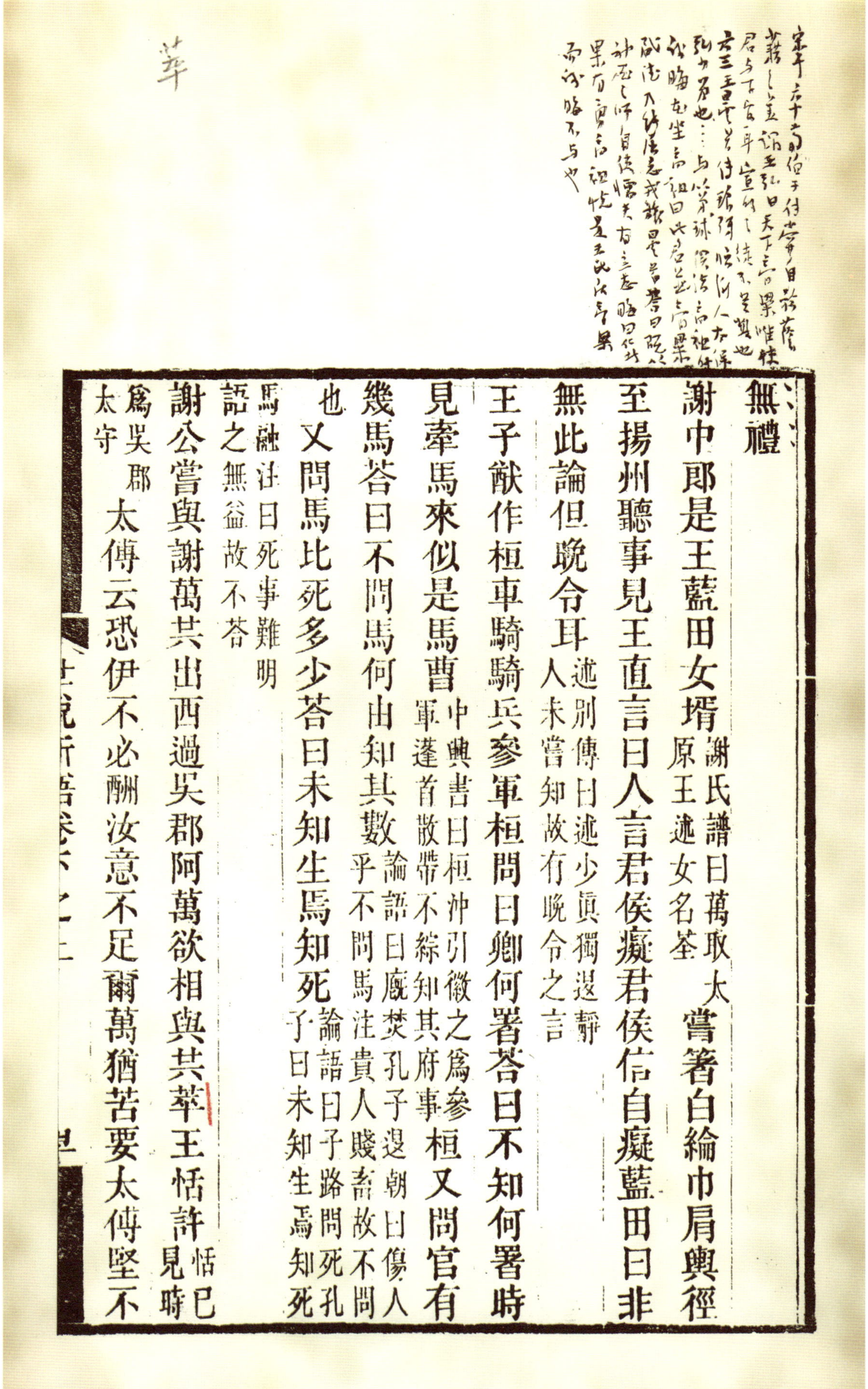
萃

無禮

謝中郎是王藍田女壻謝氏譜曰萬取太原王述女名荃嘗箸白綸巾肩輿徑至揚州聽事見王直言曰人言君侯癡君侯信自癡藍田曰非無此論但晚令耳述別傳曰述少貞獨退靜人未嘗知故有晚令之言

王子猷作桓車騎兵參軍桓問曰卿何署荅曰不知何署時見牽馬來似是馬曹中興書曰桓沖引徽之爲參軍蓬首散帶不綜知其府事桓又問官有幾馬荅曰不問馬何由知其數論語曰廄焚孔子退朝曰傷人乎不問馬 往貴人賤畜故不問也又問馬比死多少荅曰未知生焉知死論語曰子路問死孔子曰未知生焉知死馬融注曰死事難明語之無益故不荅

謝公嘗與謝萬共出西過吳郡阿萬欲相與共萃王恬許恬已見時爲吳郡太守太傅云恐伊不必酬汝意不足爾萬猶苦要太傅堅不

○宋书六十荀伯子传：『常自矜荫藉之美。谓王弘曰：「天下膏粱，唯使君与下官耳，宣明之徒不足数也。」』六三王昙首传：『琅琊临沂人，太保弘少弟也。……与从弟球俱诣高祖。时谢晦在坐。高祖曰：「此君并膏粱盛德，乃能屈志戎旅。」昙首答曰：「既从神武之师，自使懦夫有立志。」晦曰：「仁者果有勇。」高祖悦。』是王氏居膏粱，而谢晦不与也。

○萃。

同萬乃獨往坐少時王便入門內謝殊有欣色以爲厚待已良久乃沐頭散髮而出亦不坐仍據胡牀在中庭曬頭神氣傲邁了無相酬對意謝於是乃還未至船逆呼太傅安曰阿螭不作爾王恬小字螭虎

王子猷作桓車騎參軍桓謂王曰卿在府久比當相料理初不荅直高視以手版拄頰云西山朝來致有爽氣

謝萬北征常以嘯詠自高未嘗撫慰衆士謝公甚器愛萬而審其必敗乃俱行從容謂萬曰汝爲元帥宜數喚諸將宴會以說衆心萬從之因召集諸將都無所說直以如意指四坐云諸君皆是勁卒諸將甚忿恨之謝公欲深箸恩信自隊主將帥以下無不身造厚相遜謝及萬事敗軍中因欲除之復云當爲隱士

○宋本『门』作『问』，疑是『闻』误。
○据胡床。
○料理。

南齊書虞玩之傳太祖鎮東府朝野致敬玩之猶躡屐造席太祖取屐視之訛黑斜銳蒵斷以芒接之

施設

通

故幸而得免 萬敗事已見上

王子敬兄弟見郗公躡履問訊甚修外生禮及嘉賓死皆箸高屐儀容輕慢命坐皆云有事不暇坐既去郗公慨然曰使嘉賓不死鼠輩敢爾 愔子超有盛名且獲寵於桓溫故爲超敬愔

王子猷嘗行過吳中見一士大夫家極有好竹主已知子猷當往乃灑埽施設在聽事坐相待王肩輿徑造竹下諷嘯良久主已失望猶冀還當通遂直欲出門主人大不堪便令左右閉門不聽出王更以此賞主人乃留坐盡歡而去

王子敬自會稽經吳聞顧辟彊 顧氏譜曰辟彊吳郡人歷郡功曹平北參軍 有名園先不識主人徑往其家值顧方集賓友酣燕而王遊歷既畢指麾好惡傍若無人顧勃然不堪曰傲主人非禮也以貴驕人非

世說新語卷下之上

○南齐书虞玩之传：『太祖镇东府，朝野致敬。玩之犹蹑屐造席。太祖取屐视之，讹黑斜锐，蒵断，以芒接之。』

○施设。

○通。

道也失此二者不足齒人傖耳便驅其左右出門王獨在輿上

回轉顧望左右移時不至然後令送箸門外怡然不屑

世說新語卷下之上終

思賢講舍校刊

世說新語卷下之下

宋　臨川王義慶　撰

梁　劉孝標　注

排調第二十五

諸葛瑾爲豫州遣別駕到臺瑾已見語云小兒知談卿可與語連往詣恪江表傳曰恪字元遜瑾長子也少有才名發藻岐嶷辯論應機莫與爲對孫權見而奇之謂瑾曰藍田生玉眞不虛也仕吳至太傅爲孫峻所害恪不與相見後於張輔吳坐中相遇環濟吳紀曰張昭字子布忠正有才義仕吳爲輔吳將軍別駕喚恪咄咄郎君恪因嘲之曰豫州亂矣何咄咄之有荅曰君明臣賢未聞其亂恪曰昔唐堯在上四凶在下荅曰非唯四凶亦有丹朱於是一坐大笑

晉文帝與二陳共車過喚鍾會同載卽駛車委去比出已遠旣

至因嘲之曰與人期行何以遲遲望卿遙遙不至會荅曰矯然懿實何必同羣帝復問會皐繇何如人荅曰上不及堯舜下不逮周孔亦一時之懿士二陳騫與泰也會父名繇故以遙遙戲之騫父矯宣帝諱懿泰父羣祖父寔故以此酬之

鍾毓爲黃門郎有機警在景王坐燕飲時陳羣子玄伯武周子元夏同在坐魏志曰武周字伯南沛國竹邑人仕至光祿大夫共嘲毓景王曰皐繇何如人對曰古之懿士顧謂玄伯元夏曰君子周而不比羣而不黨孔安國注論語曰忠信爲周阿黨爲比黨助也君子雖衆不相私助

嵇阮山劉在竹林酣飲王戎後往步兵曰俗物已復來敗人意魏氏春秋曰時謂王戎未能超俗也王笑曰卿輩意亦復可敗邪

晉武帝問孫皓吳錄曰皓字元宗一名彭祖大皇帝孫也景帝崩皓嗣位爲晉所滅封歸命侯聞南人

宗正卿或曰士卿

好作爾汝歌頗能爲不皓正飲酒因舉觴勸帝而言曰昔與汝爲鄰今與汝爲臣上汝一栝酒令汝壽萬春帝悔之

孫子荊年少時欲隱語王武子當枕石漱流誤曰漱石枕流王曰流可枕石可漱乎孫曰所以枕流欲洗其耳逸士傳曰許由爲堯所讓其友巢父責之由乃過清泠水洗耳拭目曰向聞貪言負吾之友所以漱石欲礪其齒

頭責秦子羽云子羽未詳子曾不如太原温顒潁川荀寓温顒已見荀氏譜曰寓字景伯祖式太尉父保御史中丞世語曰寓少與裴楷王戎杜默俱有名仕晉至尚書范陽張華士卿劉許晉百官名曰劉許字文生涿鹿郡人父放魏驃騎將軍許惠帝時爲宗正卿按許與張華同范陽人故曰士卿互其辭也宗正卿或曰士卿義陽鄒湛河南鄭詡晉諸公贊曰湛字潤甫新野人以文義達仕至侍中詡字思淵滎陽開封人爲衛尉卿祖泰揚州刺史父袤司空此數子者或謇喫無宮商或尪陋希言語或淹伊多姿態或讙譁少智諝或口如含膠飴或頭如巾

○宗正卿或曰士卿。

○川。
○王吉、贡禹。
○坏汙。
○乂。

川

王吉 貢禹

壞汙

乂

璧杵文士傳曰華爲人少威儀多姿態推意此語則此六句還以目上六人而口如含膠飴則指鄒湛湛辯麗英博而有此稱未詳

而猶以文采可觀意思詳序攀龍附鳳並登天府張敏集載頭責

子羽文曰余友有秦生者雖有姊夫之尊少而狎焉同時好矖
有太原温長仁顒頴用荀景伯寓范陽張茂先華士卿劉文生
許南陽鄒潤甫湛河南鄭思淵詡數年之中繼踵登朝而此賢
身處陋巷屢沽而無善價亢志自若終不衰墮爲之慨然又怪
諸賢既已在位曾無伐木嚶鳴之聲甚違王貢彈冠之義故因
秦生容貌之盛爲頭責之文以戲之并以嘲六子焉雖似諧謔
實有興也其文曰維泰始元年頭責子羽曰吾託子爲頭萬有
餘日矣大塊稟我以精造我以形我爲子植髮膚置鼻耳安眉
須插牙齒眸子摛光雙顴隆起每至出入之間遨遊市里行者
辟易坐者竦跽或稱君侯或言將軍捧手傾側佇立崎嶇如此
者故我形之足偉也子冠冕不戴金銀不佩釵以當笄帢以代
幗旨味弗嘗食粟茹菜隈摧園閒糞壤汗黑歲莫年過曾不自
悔子厭我於形容我賤子乎意態若此者乎必子行己之累也
子遇我如讐我視子如仇居常不樂兩者俱憂何其鄙哉子欲
爲人寶也則當如皋陶后稷巫咸伊陟保又王家永見封殖子
欲爲名高也則當如許由子威卞隨務光洗耳逃祿千歲流芳
子欲爲遊說也則當如陳軫蒯通陸生鄧公轉禍爲福令辭從
容子欲爲進趣也則當如賈生之求試終軍之請使砥礪鋒穎

○闲。
○地。

閑　地

以榦王事子欲爲恬淡也則當如老聃之守一莊周之自逸廓然離欲志陵雲曰子欲爲隱遁也則當如榮期之帶索漁父之濠瀏棲遲神上垂餌巨鼇此一介之所以顯身成名者也今子上不希道德中不效儒墨塊然窮賤守此愚惑察子之情觀子之志退不爲於處士進無望於三事而徒亂日勞形習爲常人之所喜不亦過乎於是子羽愀然深念而對曰凡所教敕謹聞命矣以受性拘係不閑禮義設以天幸爲子所寄今欲使吾爲忠也卽當如伍胥屈平欲使吾爲信也則當殺身以成名欲使吾爲介節邪則當赴水火以全貞此四者人之所忌故吾不敢遣意頭曰子所謂天刑地網剛德之尤不登山抱木則褰裳赴流吾欲告爾以養性誨爾以優游而以蟣蝨同情不聽我謀悲哉俱寓人體而獨爲子頭且擬人其倫喻子儕偶子不如太原溫顒潁川荀寓范陽張華士卿劉許南陽鄒湛河南鄭詡此數子者或謇喫無宮商或尪陋希言語或淹伊多姿態或讙譁少智諝或口如含膠飴或頭如巾齏杵而猶文采可觀意思詳序攀龍附鳳並登天府夫舐痔得車沈淵得珠豈若夫子徒令脣舌腐爛手足沾濡哉居有事之世而恥爲權圖譬猶鑿池抱甕難以求富嗟乎子羽何異檻中之熊深穽之虎石閒饑蟹竇中之鼠事力雖勤見功甚苦宜其拳局翦蹙至老無所希也支離其形猶能不困非命也夫豈與夫子同處也

王渾與婦鍾氏共坐見武子從庭過渾欣然謂婦曰生兒如此

当从荀岳志作乐平太守 中书郎当作中书侍郎、墓志右侧称隐司徒左西曹掾 食酪

〇当从荀岳志作『乐平太守』。『中书郎』当作『中书侍郎』。墓志右侧称：『隐，司徒左西曹掾』。

〇食酪。

足慰人意婦笑曰若使新婦得配參軍生兒故可不啻如此王氏家譜曰倫字太沖司空穆侯中子司徒渾弟也醇粹簡遠貴老莊之學用心淡如也爲老子例略周紀年二十餘舉孝廉不行歷大將軍參軍年二十五卒大將軍爲之流涕

荀鳴鶴陸士龍二人未相識俱會張茂先坐張令共語以其並有大才可勿作常語陸舉手曰雲間陸士龍荀答曰日下荀鳴鶴陸曰既開青雲覩白雉何不張爾弓布爾矢荀答曰本謂雲龍騤騤定是山鹿野麋獸弱弩彊是以發遲張乃撫掌大笑晉百官名曰荀隱字鳴鶴潁川人荀氏家傳曰隱祖昕樂安太守父岳中書郎隱與陸雲在張華坐語互相反覆陸連受屈隱辭皆美麗張公稱善云世有此書尋之未得歷太子舍人延尉平蚤卒

陸太尉詣王丞相陸玩已見王公食以酪陸還遂病明日與王牋云昨食酪小過通夜委頓民雖吳人幾爲傖鬼

宋本諸葛恢下有已見二字

彈棊局

王導作吳語

瑠璃盌

癸巳類稿七夥頤何乃渹還音義云：夥頤之頤是合上音，何字一句，即史記之夥頤，言其熱至此。乃渹一句，今吳語那杭，文言奈何。乃渹，宋時寫作恁行，元人作那杭、那桁、那行

元帝皇子生普賜羣臣殷洪喬謝曰（殷羨已見）皇子誕育普天同慶臣無勳焉而猥頒厚賚中宗笑曰此事豈可使卿有勳邪

諸葛令王丞相共爭姓族先後王曰何不言葛王而云王葛令曰譬言驢馬不言馬驢驢寧勝馬邪（諸葛恢）

劉眞長始見王丞相時盛暑之月丞相以腹熨彈棊局曰何乃渹（吳人以冷爲渹）劉既出人問見王公云何劉曰未見他異唯聞作吳語耳（語林曰眞長云丞相何奇止能作吳語及細唾也）

王公與朝士共飲酒舉瑠璃盌謂伯仁曰此盌腹殊空謂之寶器何邪（以戲周之無能）荅曰此盌英英誠爲清徹所以爲寶耳

謝幼輿謂周侯曰卿類社樹遠望之峨峨拂青天就而視之其根則羣狐所託下聚溷而已（謂顗好媟瀆故）荅曰枝條拂青天不以爲

○宋本『诸葛恢』下有『已见』二字。

○弹棋局。

○王导作吴语。

○瑠璃盌。

○癸巳类稿七夥颐何乃渹还音义云：『夥颐之颐是合上音，「何」字一句，即史记之夥颐，言其热至此。「乃渹」一句，今吴语「那杭」，文言「奈何」。』『乃渹还音义云：『「乃渹」，宋时写作「恁行」，元人作「那杭」「那桁」「那行」』

高羣狐亂其下不以爲濁聚溷之穢鄉之所保何足自稱

王長豫幼便和令丞相愛恣甚篤每共圍棊丞相欲舉行長豫按指不聽丞相笑曰詎得爾相與似有瓜葛蔡邕曰瓜葛疏親也

明帝問周伯仁眞長何如人荅曰故是千斤犗特王公笑其言伯仁曰不如捲角牸有盤辟之好以戲王也

王丞相枕周伯仁厀指其腹曰卿此中何所有荅曰此中空洞無物然容卿輩數百人

干寶向劉眞長中興書曰寶字令升新蔡人祖正吳奮武將軍父瑩丹陽丞寶少以博學才器著稱歷散騎常侍敘其搜神記孔氏志怪曰寶父有嬖人寶母至妒葬寶父時因推著藏中經十年而母喪開墓其婢伏棺上就視猶煖漸有氣息輿還家終日而蘇說寶父常致飲食與之接寢恩情如生家中吉凶輒語之校之悉驗平復數年後方卒寶因作搜神記中云有所感起是也劉曰卿可謂鬼之董狐春秋傳曰趙穿攻晉靈公於桃園趙宣子

見老學庵筆記，亦作能亨，見癸辛雜識，宋人詩多作奈向

恩田仲任世說音釋謂下子于局上曰行，既下復舉去曰舉行

见老学庵笔记。亦作「能亨（整理者案：当是『亨』之误）」，见癸辛杂识。宋人诗多作「奈向」。

〇恩田仲任世说音释谓：下子于局上曰行，既下复举去曰举行。

雅量篇注引晋百官名
及许氏谱有许璪，字思文

机

日译よそ行きの服

尸

康僧渊目深而鼻高

未出境而復太史書趙盾弑其君宣子曰不然對曰子爲正卿亡不越境反不討賊非子而誰孔子曰董狐古之良史也書法不隱趙盾古之賢大夫也爲法受惡

許文思往顧和許顧先在帳中眠許至便徑就牀角枕共語許璪已見既而喚顧共行顧乃命左右取枕上新衣易己體上所著許笑曰卿乃復有行來衣乎

康僧淵目深而鼻高王丞相每調之僧淵曰鼻者面之山管輅別傳曰鼻者天中之山相書曰鼻之所在爲天中鼻有山象故曰山目者面之淵山不高則不靈淵不深則不清

何次道往瓦官寺禮拜甚勤充崇釋氏甚加敬也阮思曠語之曰卿志大宇宙尹子曰天地四方曰宇往古來今曰宙勇邁終古終古往古也楚辭曰吾不能忍此終古也何曰卿今日何故忽見推阮曰我圖數千戶郡尚不能得卿迺圖作

○雅量篇注引晋百官名及许氏谱有许璪，字思文。
○机。
○日译：よそ行きの服。
○康僧渊目深而鼻高。
○尸。

○宋本『夏』下有『口』字。
○裝束单急。

宋本夏下有口字

裝束單急

佛不亦大乎思曠裕也

庾征西大舉征胡既成行止鎮襄陽晉陽秋曰翼率衆入沔將謀伐狄既至襄陽狄尚彊未可決戰會康帝崩兄冰薨留長子方之守襄陽自馳還夏殷豫章與書送一折角如意以調之豫章殷羨庾荅書曰得所致雖是敗物猶欲理而用之

桓大司馬乘雪欲獵先過王劉諸人許眞長見其裝束單急問老賊欲持此何作桓曰我若不爲此卿輩亦那得坐談語林曰宣武征還劉尹數十里迎之桓都不語直云垂長衣談清言竟是誰功劉荅曰晉德靈長功豈在爾二人說小異故詳載之

褚季野問孫盛卿國史何當成孫云久應竟在公無暇故至今日褚曰古人述而不作何必在蠶室中漢書曰李陵降匈奴武帝甚怒太史令司馬遷盛明陵之忠帝以遷爲陵遊說下遷腐刑乃述唐虞以來至于獲麟爲史記遷與任安書曰李陵既生降僕又茸之以蠶室蘇林注曰腐刑者作密室蓄火時如蠶室舊時平陰有蠶室獄

○言语篇及僧传竺道潜传作『岇山』。

言語篇及僧傳四竺
道潛傳作岇山

謝公在東山朝命屢降而不動後出爲桓宣武司馬將發新亭朝士咸出贍送高靈時爲中丞亦往相祖先時多少飲酒因倚如醉戲曰卿屢違朝旨高臥東山諸人每相與言安石不肯出將如蒼生何今亦蒼生將如卿何謝笑而不荅高靈已見婦人集載桓玄問王凝之妻謝氏曰太傅東山二十餘年遂復不終其理云何謝荅曰亡叔太傅先正以無用爲心顯隱爲優劣始末正當動靜之異耳

初謝安在東山居布衣時兄弟已有富貴者翕集家門傾動人物劉夫人戲謂安曰大丈夫不當如此乎謝乃捉鼻曰但恐不免耳

支道林因人就深公買印山深公荅曰未聞巢由買山而隱逸士傳曰巢父者堯時隱人山居不營世利年老以樹爲巢而寢其上故號巢父高逸沙門傳曰遁得深公之言慙恧而已

世說新語卷下之下

○七月七日晒书。

王劉每不重蔡公二人嘗詣蔡語良久乃問蔡曰公自言何如夷甫答曰身不如夷甫王劉相目而笑曰公何處不如答曰夷甫無君輩客

張吳興年八歲虧齒玄之已見先達知其不常故戲之曰君門中何為開狗竇張應聲答曰正使君輩從此中出入

郝隆七月七日出日中仰臥人問其故答曰我曬書征西寮屬名曰隆字佐治汲郡人仕吳至征西參軍

謝公始有東山之志後嚴命屢臻勢不獲已始就桓公司馬于時人有餉桓公藥草中有遠志公取以問謝此藥又名小草何一物而有二稱本草曰遠志一名棘宛其葉名小草謝未即答時郝隆在坐應聲答曰此甚易解處則為遠志出則為小草謝甚有愧色桓公目

○日本世说笺本谓『此过』犹『这回』。音释谓犹言『这一段』。御览989引作『此通』。
○爱。
○世说音释谓陈群、钟会。
○斗。

謝而笑曰郝參軍此過乃不惡亦會

庾園客詣孫監值行見齊莊在外尚幼而有神意庾試之曰孫安國何在即荅曰庾稚恭家庾大笑曰諸孫大盛有兒如此又荅曰未若諸庾之翼翼還語人曰我故勝得重喚奴父名孫放別傳曰放兄弟並秀異與庾翼子園客同爲學生園客少有佳稱因談笑嘲放曰諸孫於今爲盛盛監君諱也放即荅曰未若諸庾之翼翼放應機制勝時人仰焉司馬景王陳鍾諸賢相酬無以踰也

范玄平在簡文坐談欲屈引王長史曰卿助我范汪別傳曰汪字玄平潁陽人左將軍略之孫少有不常之志通敏多識博涉經籍致譽於時歷吏部尚書徐兖二州刺史王曰此非拔山力所能助史記曰項羽爲漢兵所圍夜起歌曰力拔山兮氣蓋世時不利兮騅不逝

郗隆爲桓公南蠻參軍三月三日會作詩不能者罰酒三升隆初以不能受罰既飲攬筆便作一句云娵隅躍清池桓問娵隅

○榆腊。○鎗铃。○杨勇校笺引饶固庵说：『榆腊』即洒腊，为梵语 sādava 之汉译，古典梵乐七调（Rāga）之第五也。『鎗铃』喻雅音，言其与梵呗胡音相反。○年少。

榆腊 鎗铃

杨勇校笺引饶固庵说，榆腊即洒腊，为梵语sādava之汉译，古典梵乐七调（Rāga）之第五也，鎗铃喻雅音，言其与梵呗胡音相反

年少

是何物荅曰蠻名魚爲娵隅桓公曰作詩何以作蠻語隆曰千里投公始得蠻府參軍那得不作蠻語也

袁羊嘗詣劉恢恢在內眠未起袁因作詩調之曰角枕粲文茵錦衾爛長筵唐詩曰晉獻公好攻戰國人多喪其詩曰角枕粲兮錦衾爛兮予美亡此誰與獨旦袁故嘲之劉尙晉明帝女晉陽秋曰恢尙廬陵長公主名南弟主見詩不平曰袁羊古之遺狂

殷洪遠荅孫興公詩云聊復放一曲劉眞長笑其語拙問曰君欲云那放殷曰榆臘亦放何必其鎗鈴邪殷融已見

桓公既廢海西立簡文晉陽秋曰海西公諱奕字延齡成帝子也興寧中卽位少同閹人之疾使宮人與左右淫通生子大司馬温自廣陵還姑孰過京都以皇太后令廢帝爲海西公侍中謝公見桓公拜桓驚笑曰安石卿何事至爾謝曰未有君拜於前臣立於後

郗重熙與謝公書道王敬仁聞一年少懷問鼎郗曇王脩已見史記曰楚莊王

○谭小培谓其父鑫培曰：『你子不如我子』；谓其子富英曰：『你父不如我父。』笑话之意当出于此。

谭小培谓其父鑫培曰，你子不如我子，谓其子富英曰，你父不如我父，笑话之意当出于此。

觀兵於周郊周定王使王孫滿迎勞楚王王問鼎大小輕重對
曰在德不在鼎莊王曰子無阻九鼎楚國折鉤之喙足以爲九
鼎也不知桓公德衰爲復後生可畏春秋傳曰齊桓公伐楚責苞茅之不貢論語曰後生可畏
焉知來者之不如今孔安國曰後生少年
張蒼梧是張憑之祖嘗語憑父曰我不如汝憑父未解所以蒼
梧曰汝有佳兒張蒼梧碑曰君諱鎮字義遠吳國吳人忠恕寬明簡正貞粹泰安中除蒼梧太守討王含有功封興道縣侯憑時年數歲斂手曰阿翁詎宜以子戲父
習鑿齒孫興公未相識同在桓公坐桓語孫可與習參軍共語
孫云蠢爾蠻荊敢與大邦爲讐習云薄伐獫狁至于太原小雅詩也
毛詩注曰蠢動也荊蠻荊之蠻也獫狁北夷也習鑿齒襄陽人孫興公太原人故因詩以相戲也
桓豹奴是王丹陽外生形似其舅桓甚諱之豹奴桓嗣小字中興書曰嗣字恭祖
車騎將軍沖子也少有清譽仕至江州刺史王氏譜曰混字奉正中軍將軍恬子仕至丹陽尹宣武云不恒相

似時似耳恒似是形時似是神桓逾不説

王子猷詣謝萬林公先在坐瞻矚甚高王曰若林公鬚髮並全神情當復勝此不謝曰脣齒相須不可以偏亡春秋傳曰脣亡齒寒鬚髮何關於神明林公意甚惡曰七尺之軀今日委君二賢

郗司空拜北府南徐州記曰舊徐州都督以東爲稱晉氏南遷徐州刺史王舒加北中郎將北府之號自此起也王黃門詣郗門拜云應變將略非其所長驟詠之不已郗倉謂嘉賓曰公今日拜子猷言語殊不遜深不可容倉郗融小字也郗氏譜曰融字景山愔第二子辟琅邪王文學不拜而蚤終嘉賓曰此是陳壽作諸葛評蜀志陳壽評曰亮連年動眾而無成功蓋應變將略非其所長也王隱晉書曰壽字承祚巴西安漢人好學善著述仕至中庶子初壽父爲馬謖參軍諸葛亮誅謖髡其父頭亮子瞻又輕壽故壽撰蜀志以愛憎爲評也人以汝家比武侯復何所言

○北府之称起于徐州刺史王舒加北中郎将。

○汝家。

王子猷詣謝公謝曰云何七言詩（東方朔傳曰漢武帝在栢梁臺上使羣臣作七言詩七言詩自此始也）子猷承問荅曰昂昂若千里之駒汎汎若水中之鳧（出離騷）

王文度范榮期俱爲簡文所要范年大而位小王年小而位大將前更相推在前既移久王遂在范後王因謂曰簸之揚之糠秕在前范曰洮之汰之沙礫在後（王坦之范啓已見世說是孫綽習鑿齒言）

劉遵祖少爲殷中軍所知稱之於庾公庾公甚忻然便取爲佐既見坐之獨榻上與語劉爾日殊不稱庾小失望遂名之爲羊公鶴昔羊叔子有鶴善舞嘗向客稱之客試使驅來氃氋而不肯舞故稱比之（徐廣晉紀曰劉爰之字遵祖沛郡人少有才學能言理歷中書郎宣城太守）

魏長齊雅有體量而才學非所經初宦當出虞存嘲之曰與卿

宋本世字作上一二字

独榻

氃氋

○宋本『世』字作『上一』二字。
○独榻。
○氃氋。

商略

宋本无

約法三章談者死文筆者刑商略抵罪魏怡然而笑無忤於色魏氏譜曰顗字長齊會稽人祖肩處士父説大鴻臚卿顗仕至山陰令漢書曰沛公入咸陽召諸父老曰天下苦秦苛法久矣今與父老約法三章耳殺人者死傷人及盜抵罪應劭注曰抵至也但至於罪

郗嘉賓書與袁虎道戴安道謝居士云恒任之風當有所弘耳以袁無恒故以此激之袁戴謝並已見

范啓與郗嘉賓書曰子敬舉體無饒縱掇皮無餘潤郗荅曰舉體無餘潤何如舉體非眞者范性矜假多煩故嘲之

二郗奉道二何奉佛皆以財賄謝中郎云二郗諂於道二何佞於佛中興書曰郗愔及弟曇奉天師道晉陽秋曰何充性好佛道崇修佛寺供給沙門以百數久在揚州徵役吏民功賞萬計是以爲遐邇所譏充弟準亦精勤唯讀佛經營治寺廟而已矣

王文度在西州與林法師講韓孫諸人並在坐林公理每欲小

○商略。
○宋本无。

屈孫興公曰法師今日如著弊絮在荊棘中觸地挂閡

范榮期見郗超俗情不淡戲之曰夷齊巢許一詣垂名何必勞神苦形支策據梧邪郗未答韓康伯曰何不使遊刃皆虛莊子曰昭文之鼓琴師曠之支策惠子之據梧三子之智幾矣皆其盛也故載之末年庖丁爲文惠君解牛三年之後未嘗見全牛也用刀十九年矣所解數千牛而刀刃若新發於硎文惠君問之庖丁曰彼節者有間而刀刃無厚以無厚入有間恢恢乎其於遊刃必有餘地

簡文在殿上行右軍與孫興公在後右軍指簡文語孫曰此啖名客簡文顧曰天下自有利齒兒後王光祿作會稽謝車騎出曲阿祖之王蘊謝玄已見王孝伯罷秘書丞在坐謝言及此事因視孝伯曰王丞齒似不鈍王曰不鈍頗亦驗

謝遏夏月嘗仰臥謝公清晨卒來不暇著衣跣出屋外方躡履

○苻。
○时贤并用唾壶。

苻

时贤並用唾壶

問訊公曰汝可謂前倨而後恭戰國策曰蘇秦說惠王而不見用黑貂之裘弊黃金百斤盡大困而歸父母不與言妻不爲下機嫂不爲炊後爲從長行過洛陽車騎輜重甚衆秦之昆弟妻嫂側目不敢視秦笑謂其嫂曰何先倨而後恭嫂謝曰見季子位高而金多秦歎曰一人之身富貴則親戚畏懼貧賤則輕易之而况於他人哉

顧長康作殷荊州佐請假還東爾時例不給布颿顧苦求之乃得發至破冢遭風大敗周祗隆安記曰破冢洲名在華容縣作牋與殷云地名破冢眞破冢而出行人安穩布颿無恙

愷之

仲堪

苻朗初過江裴景仁秦書曰朗字元達苻堅從兄性宏放神氣爽悟堅常曰吾家千里駒也堅爲慕容沖所圍朗降謝玄用爲員外散騎侍郎吏部郎王忱與兄國寶命駕詣之沙門法汰問朗曰見王吏部兄弟未朗曰非一狗面人心又一人面狗心者是邪忱醜而才國寶美而狠故也朗常與朝士宴時賢並用唾壺朗欲夸之使小兒跪而張口唾而含出又善識味會稽王道子爲設精饌訖問闗中之食孰若於此朗曰皆好唯鹽味小生卽問宰夫如其言或人殺雞以食之朗曰此雞棲恒半露問之亦驗又食鵞炙知白黑之處咸試而記之無豪釐之差著苻子數十篇蓋老莊之流也朗矜高忤物不容於世後

衆讒而殺之王咨議大好事問中國人物及風土所生終無極已王氏譜曰肅之字幼恭右將軍羲之第四子歷中書郎驃騎咨議朗大患之次復問奴婢貴賤朗云謹厚有識中者乃至十萬無意爲奴婢問者止數千耳

東府客館是版屋謝景重詣太傅時賓客滿中初不交言直仰視云王乃復西戎其屋秦詩敘曰襄公備其兵甲以討西戎婦人閔其君子故作詩曰在其版屋亂我心曲毛公注曰西戎之版屋也

顧長康噉甘蔗先食尾問所以云漸至佳境

孝武屬王珣求女壻曰王敦桓溫磊砢之流既不可復得且小如意亦好豫人家事酷非所須正如眞長子敬比最佳珣舉謝混後袁山松欲擬謝婚續晉陽秋曰山松陳郡人祖喬益州刺史父方平義興太守山松歷秘書監吳國內史孫恩作亂見害初帝爲晉陵公主訪壻於王珣珣舉謝混云人才不及眞長不減子敬帝曰如此便已足矣王曰

卿莫近禁臠

桓南郡與殷荊州語次因共作了語顧愷之曰火燒平原無遺燎桓曰白布纏棺豎旒旐殷曰投魚深淵放飛鳥次復作危語桓曰矛頭淅米劍頭炊殷曰百歲老翁攀枯枝顧曰井上轆轤臥嬰兒殷有一參軍在坐云盲人騎瞎馬夜半臨深池殷曰咄咄逼人仲堪眇目故也中興書曰仲堪父嘗疾患經時仲堪衣不解帶數年自分劑湯藥誤以藥手拭淚遂眇一目

桓玄出射有一劉參軍與周參軍朋賭垂成唯少一破劉謂周曰卿此起不破我當撻卿周曰何至受卿撻劉曰伯禽之貴尚不免撻而況於卿尚書大傳曰伯禽與康叔見周公三見而三笞康叔有駭色謂伯禽曰有商子者賢人也與子見之乃見商子而問焉商子曰南山之陽有木焉名喬二三子往觀之見喬實高高然而上反以告商子商子曰喬者父

道也南山之陰有木焉名曰梓二三子復往觀焉見梓實晉晉然而俯反以告商子商子曰梓者子道也二三子明日見周公入門而趨登堂而跪周公拂其首勞而食之曰爾安見君子乎禮記曰成王有罪周公則撻伯禽亦其義也周殊無怍色桓語庾伯鸞曰晉東宮百官名曰庾鴻字伯鸞潁川人庾氏譜曰鴻祖義吳國內史父楷左衞將軍鴻仕至輔國內史劉參軍宜停讀書周參軍且勤學問

桓南郡與道曜講老子王侍中爲主簿在坐桓曰王主簿可顧名思義王未荅且大笑桓曰王思道能作大家兒笑道曜未詳思道王禎之小字也老子明道禎之字思道故曰顧名思義

祖廣行恒縮頭詣桓南郡始下車桓曰天甚晴朗祖參軍如從屋漏中來祖氏譜曰廣字淵度范陽人父台之仕光祿大夫廣仕至護軍長史

桓玄素輕桓崖崖在京下有好桃玄連就求之遂不得佳者崖桓脩小字續晉陽秋曰脩少爲玄所侮於言端常嗤鄙之玄與殷仲文書以爲嗤笑曰德之

休明肅愼貢其楛矢如其不爾籬壁間物亦不可得也國語曰仲尼在陳有隼集陳侯之庭而死楛矢貫之石砮尺有咫問於仲尼對曰隼之來遠矣此肅愼之矢也昔武王克商通道于九夷百蠻使各以方賄貢於是肅愼氏貢楛矢古者分異姓之職使不忘服也故分陳以肅愼之貢若求之故府其可得使求得之金櫝如初

輕詆第二十六

王太尉問眉子汝叔名士何以不相推重眉子已見叔王澄也眉子曰何有名士終日妄語

庾元規語周伯仁諸人皆以君方樂周曰何樂謂樂毅邪史記曰樂毅中山人賢而爲燕昭王將軍率諸侯伐齊終於趙庾曰不爾樂令耳周曰何乃刻畫無鹽以唐突西子也列女傳曰鍾離春者齊無鹽之女也其醜無雙黃頭深目長壯大節鼻昂結喉肥項少髮折腰出胷皮膚若漆行年三十無所容入衒嫁不售乃自詣齊宣王乞備後宮因說王以四殆王拜爲正后吳越春秋曰越王

○照。
○疑是「复何所难」。

照

句踐得山中採薪女子
名曰西施獻之吳王

深公云人謂庾元規名士胷中柴棘三斗許

庾公權重足傾王公庾在石頭王在冶城坐大風揚塵王以扇拂塵曰元規塵汙人按王公雅量通濟庾亮之在武昌傳其應下公以識度裁之驚言自息豈或回貳有扇塵之事乎王隱晉書戴洋傳曰丹陽太守王導問洋得病七年洋日君侯命在申爲土地之主而於申上冶火光昭天此爲金火相爍水火相炒以故相害導呼冶令奕遜使啓鎮東徙令東冶是也丹陽記曰丹陽冶城去宮三里吳時鼓鑄之所吳平猶不廢又云孫權築冶城爲鼓鑄之所既立石頭大塢不容近立此小城當是徙縣冶空城而置冶爾冶城疑是金陵本治漢高六年令天下縣邑秣陵不應獨無

王右軍少時甚澀訥在大將軍許王庾二公後來右軍便起欲去大將軍留之曰爾家司空王丞相已見元規復可所難

王丞相輕蔡公曰我與安期千里共遊洛水邊何處聞有蔡充

陈留大郡多人士

入

五

黄门 汰侈篇 石崇以家使黄门交斩美人，则两晋贵族家皆有黄门

宋本作後貶蔡曰吾与安期千里共在洛水集處不聞天下有蔡克兒正忿蔡前戲言耳

兒晉諸公贊曰充字子尼陳留雍丘人充别傳曰充祖睦蔡邕孫也充少好學有雅尚體貌尊嚴莫有媟慢於其前者高平劉整有雋才而車服奢麗謂人曰紗縠人常服耳嘗遇蔡子尼在坐終日不自安見憚如此是時陳留爲大郡多人士琅邪王澄嘗經郡境問此郡多士有誰乎吏曰有江應元蔡子尼時陳留多居大位者澄問何以但稱此二人吏曰向謂君侯問人不謂位也澄笑而止充歷成都王東曹掾故稱東曹妒記曰丞相曹夫人性甚忌禁制丞相不得有侍御乃至左右小人亦被檢簡時有妍妙皆加誚責王公不能久堪乃密營别館衆妾羅列兒女成行後元會日夫人於青疏臺中望見兩三兒騎羊皆端正可念夫人遥見甚憐愛之語婢汝出問是誰家兒給使不達旨乃荅云是第四王等諸郎曹氏聞驚愕大恚命車駕將黄門及婢二十人人持食刀自出尋討王公亦遽命駕飛轡出門猶患牛遲乃以左手攀車蘭右手捉麈尾以柄助御者打牛狼狽奔馳劣得先至蔡司徒聞而笑之乃故詣王公謂曰朝廷欲加公九錫公知不王謂信然自敘謙志蔡曰不聞餘物唯聞有短轅犢車長柄麈尾王大愧後貶蔡曰吾昔與安期千里共在洛水

褚太傅初渡江嘗入東至金昌亭吳中豪右燕集亭中謝歆金昌亭詩敘曰余尋師來入經吳行達昌門忽覩斯亭傍川帶河其榜題曰金昌訪之耆老曰昔朱買臣仕漢還爲會稽內史逢其迎吏

〇陈留大郡多人士。

〇入。

〇五。

〇黄门，汰侈篇、石崇传：『黄门交斩美人』，则两晋贵族家皆有黄门。

〇宋本作『后贬蔡曰：吾与安期、千里共在洛水集处，不闻天下有蔡克儿。正忿蔡前戏言耳。』

逆　比

茗汁　粽汁

比數

念

遊旅北舍與買臣爭席買臣出其印綬羣吏慚服自裁因事建亭號曰金傷失其字義耳褚公雖素有重名于時造次不相識別敕左右多與茗汁少箸粽汁盡輒益使終不得食褚公飲訖徐舉手共語云褚季野於是四座驚散無不狼狽

王右軍在南丞相與書每歎子姪不令云虎㹠虎犢還其所如虎㹠王彭之小字也王氏譜曰彭之字安壽琅邪人祖正尚書郎父彬衞將軍彭之仕至黃門郎虎犢彪之小字也彪之字叔虎彭之第三弟年二十而頭鬢皓白時人謂之王白鬚少有局幹之稱累遷至左光祿大夫

褚太傅南下孫長樂於船中視之長樂孫綽言次及劉眞長死孫流涕因諷詠曰人之云亡邦國殄瘁大雅詩毛公注曰殄盡瘁病也褚大怒曰眞長平生何嘗相比數而卿今日作此面向人孫回泣向褚曰卿當念我時咸笑其才而性鄙

○逆。

○比。

○茗汁。

○粽汁。

○援鹑堂笔记三六：『南史张缵传：缵死后，书卷、珍宝、财物，湘东须提取之，「以粽蜜之属还其家」』则粽似可经时藏蓄之物。

○比数。

○念。

謝鎮西書與殷揚州爲眞長求會稽殷荅曰眞長標同伐異俠之大者常謂使君降階爲甚乃復爲之驅馳邪

桓公入洛過淮泗踐北境與諸僚屬登平乘樓眺矚中原慨然曰遂使神州陸沈百年丘墟王夷甫諸人不得不任其責八王故事曰夷甫雖居台司不以事物自嬰當世化之羞言名教自臺郎以下皆雅崇拱默以遺事爲高四海尚寧而識者知其將亂晉陽秋曰夷甫將爲石勒所殺謂人曰吾等若不祖尚浮虛不至於此袁虎率而對曰運自有廢興豈必諸人之過桓公懍然作色顧謂四坐曰諸君頗聞劉景升不劉鎮南銘曰表字景升山陽高平人黃中通理博識多聞仕至鎮南將軍荆州刺史有大牛重千斤噉芻豆十倍於常牛負重致遠曾不若一羸牸魏武入荆州烹以饗士卒于時莫不稱快意以况袁四坐既駭袁亦失色

袁虎伏滔同在桓公府桓公每遊燕輒命袁伏袁甚恥之恒歎

○俠之大者。
○日本箋本謂『自卑尊人』。
○『平乘楼』，乃平乘大船上之船楼。晋书六九传有『舫屋』，七六传有『舫楼』，『仇隙篇』王大将军执司马愍王』条注引王廙别传：倚船楼长啸。

○大自敷奏。
○角觴中，『觴』字不见康熙字典。
○母。
○倍年之觉。

大白敷奏
角觴中　觴字不見康
熙字典
母
倍年之覚

曰公之厚意未足以榮國士與伏滔比肩亦何辱如之
高柔在東甚爲謝仁祖所重既出不爲王劉所知仁祖曰近見
高柔大自敷奏然未有所得眞長云故不可在偏地居輕在角
觴奴角反中爲人作議論高柔聞之云我就伊無所求人有向眞
長學此言者眞長曰我寔亦無可與伊者然遊燕猶與諸人書
可要安固安固者高柔也孫統爲柔集敘曰柔字世遠樂安人才理清鮮安行仁義娉泰山胡毋氏女年二十既有倍年之覺而姿色清惠近是上流婦人柔家道隆崇既罷司空參軍安固令營宅於伏川馳動之情既薄又愛翫賢妻便有終焉之志尚書令何充取爲冠軍參軍僶俛應命眷戀綢繆不能相舍相贈詩書清婉辛切
劉尹江虨王叔虎孫興公同坐江王有相輕色虨以手歙叔虎
云酷吏詞色甚彊劉尹顧謂此是瞋邪非特是醜言聲拙視瞻言江此言非是醜拙似有忿於王也

○道。
○「知」犹言管。
○款杂、

道

知犹言管

款杂

孫綽作列仙商丘子贊曰所牧何物殆非眞豬儻遇風雲爲我龍攄列仙傳曰商丘子晉者商邑人好吹竽牧豕年七十不娶妻而不老問其須要言但食老朮昌蒲根飲水如此便不饑不老耳貴戚富室聞而服之不能終歲輒止謂將有匿術孫綽爲贊曰商丘卓犖執策吹竽渴飲寒泉飢食菖蒲所牧何物殆非眞豬儻逢風雲爲我龍攄時人多以爲能王藍田語人云近見孫家兒作文道何物眞豬也

桓公欲遷都以張拓定之業孫長樂上表諫此議甚有理桓見表心服而忿其爲異令人致意孫云君何不尋遂初賦而彊知人家國事孫綽表諫曰中宗龍飛實賴萬里長江畫而守之耳不然胡馬久已踐建康之地江東爲豺狼之場矣綽賦遂初陳止足之道

孫長樂兄弟就謝公宿言至款雜劉夫人在壁後聽之具聞其語謝公明日還問昨客何似劉對曰亡兄門未有如此賓客夫人

劉惔之妹謝深有愧色

簡文與許玄度共語許云舉君親以爲難簡文便不復答許去後而言曰玄度故可不至於此按邴原別傳魏五官中郎將嘗與羣賢共論曰今有一丸藥得濟一人疾而君父俱病與君邪與父邪諸人紛葩或父或君原勃然曰父子一本也亦不復難君親相校自古如此未解簡文詣許意

謝萬壽春敗後還書與王右軍云慙負宿顧右軍推書曰此禹湯之戒春秋傳曰禹湯罪己其興也勃焉言禹湯以聖德自罪所以能興今萬失律致敗雖復自咎其可濟焉故王嘉萬也

蔡伯喈睹睞笛椽孫興公聽妓振且擺折伏滔長笛賦敘曰余同寮桓子野有故長笛傳之耆老云蔡邕伯喈之所製也初邕避難江南宿於柯亭之館以竹爲椽邕仰盼之曰良竹也取以爲笛音聲獨絕歷代傳之至於今王右軍聞大嗔曰三祖壽一作臺樂器虺瓦一作尫凡弔孫家

〇『振且擺折』未详。

〇日译本引小雅斯干『维虺维蛇』及『载弄之瓦』，谓『虺瓦』指女子。

〇恩田仲任世说音释九三『祖寿』条下引通鉴宋顺帝纪：『三祖风流』云云，胡注：『三祖谓太祖、高祖、烈祖。』据此，则『一作台』是也。盖此笛原铜雀台乐所用也。

○腻颜帢。

○世说音释九：『「緰」当作「榻」。史记：「榻布、皮革千石」，榻，吐合切，叠布也。马援「都布单衣」，注云：「即答布」。答布即蕃布之稍粗也，即榻布也。』

○周旋。

○衿抱未虚。

○『乃可』『不恶』二语未详。

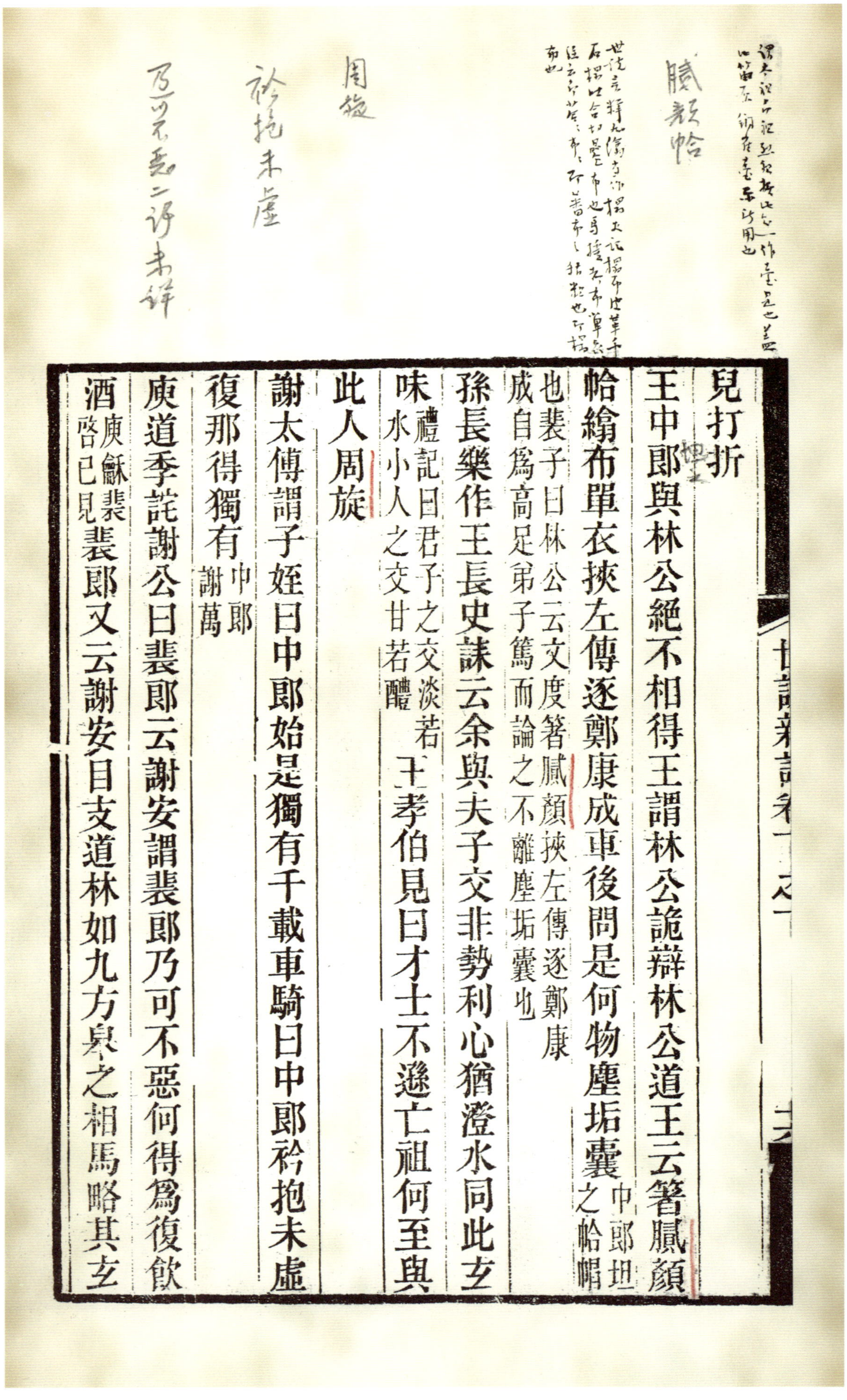
見打折
王中郎與林公絕不相得王謂林公詭辯林公道王云箸膩顏帢緰布單衣挾左傳逐鄭康成車後問是何物塵垢囊中郎坦之帢帽也裴子曰林公云文度箸膩顏挾左傳逐鄭康成自爲高足弟子篤而論之不離塵垢囊也
孫長樂作王長史誄云余與夫子交非勢利心猶澄水同此玄味禮記曰君子之交淡若水小人之交甘若醴王孝伯見曰才士不遜亡祖何至與此人周旋
謝太傅謂子姪曰中郎始是獨有千載車騎曰中郎衿抱未虛復那得獨有中郎謝萬
庾道季詫謝公曰裴郎云謝安謂裴郎乃可不惡何得爲復飲酒庾龢裴啓已見裴郎又云謝安目支道林如九方臯之相馬略其玄

○不下赏裁。
○裴启语林。

不下赏裁
裴启语林

黃取其儁逸支遁傳曰遁每標舉會宗而不留心象喻解釋章句或有所漏文字之徒多以爲疑謝安石聞而善之曰此九方皋之相馬也略其玄黃而取其儁逸列子曰伯樂謂秦穆公曰臣所與共儋纆薪菜者有九方皋此其於馬非臣之下也公使行求馬反曰得矣牡而黃使人取之牝而驪公曰毛物牡牝之不知何馬之能知也伯樂曰若皋之觀馬者天機也得其精亡其麤在其內亡其外見其所見不見其所不見視其所視遺其所不視若彼之所相有貴於馬也既而馬果千里足

謝公云都無此二語裴自爲此辭耳庾意甚不以爲好因陳東亭經酒壚下賦讀畢都不下賞裁直云君乃復作裴氏學於此語林遂廢今時有者皆是先寫無復謝語續晉陽秋曰晉隆和中河東裴啓撰漢魏以來迄于今時言語應對之可稱者謂之語林時人多好其事文遂流行後說太傅事不實而有人於謝坐敘其黃公酒壚司徒王珣爲之賦謝公加以與王不平乃云君遂復作裴郎學自是衆咸鄙其事矣安鄉人有罷中宿縣詣安者安問其歸資答曰嶺南凋弊唯有五萬蒲葵扇又以非時爲滯貨安乃取其中者捉之於是京師士庶競慕而服焉價增數倍旬月無賣夫所好生羽毛所惡成瘡痏謝相一言挫成美於千載及其所與崇虛價於百金上之愛憎與奪可不慎哉

王北中郎不爲林公所知乃箸論沙門不得爲高士論大略云高士必在於縱心調暢沙門雖云俗外反更束於教非情性自得之謂也

人問顧長康何以不作洛生詠答曰何至作老婢聲洛下書生詠音重濁故云老婢聲

殷顗庾恒並是謝鎮西外孫謝氏譜曰尚長女僧要適庾龢次女僧韶適殷歆殷少而率悟庾每不推嘗俱詣謝公謝公熟視殷曰阿巢故似鎮西巢殷顗小字也於是庾下聲語曰定何似謝公續復云巢頰似鎮西庾復云頰似足作健不庾氏譜曰恒字敬則祖亮父龢恒仕至尚書僕射

舊目韓康伯將肘無風骨說林曰范啓云韓康伯似肉鴨

苻宏叛來歸國謝太傅每加接引宏自以有才多好上人坐上

○女子以僧为名。

○推。

○作健。

○世说音释九：『疑当作「将牢」。胡三省曰：「将牢，谓先自固而不妄动也。犹今人之言把稳也。」盖言韩康伯将牢太过，所乏者矫矫风节也。』

一良案：『将牢太过』见晋书一一六姚苌载记。

○捋。

○苻。

無折之者適王子猷來太傅使共語子猷直孰視良久回語太傅云亦復竟不異人宏大慚而退續晉陽秋曰宏苻堅太子也堅爲姚萇所殺宏將母妻來投詔賜田宅桓玄以宏爲將玄敗宼湘中伏誅

支道林入東見王子猷兄弟還人問見諸王何如答曰見一羣白頸烏但聞喚啞啞聲

王中郎舉許玄度爲吏部郎郗重熙曰相王好事不可使阿訥在坐訥詢小字

王興道謂謝望蔡霍霍如失鷹師永嘉記曰王和之字興道瑯琊人祖翼平南將軍父胡之司州刺史和之歷永嘉太守正員常侍望蔡謝琰小字也

桓南郡每見人不快輒嗔云君得哀家梨當復不烝食不舊語秣陵有哀仲家梨甚美大如升入口消釋言愚人不别味得好梨烝食之也

世說新語卷下之下　七

苻

霍霍如失鷹師未詳

世説箋本謂不快即痴

別味

○苻。

○「霍霍如失鹰师」未详。

○世说笺本谓「不快」即痴。

○别味。

○好为游侠。
○青庐。
○谓。

假譎第二十七

魏武少時嘗與袁紹好爲游俠觀人新婚因潛入主人園中夜叫呼云有偸兒賊靑廬中人皆出觀魏武乃入抽刃劫新婦與紹還出失道墜枳棘中紹不能得動復大叫云偸兒在此紹遑迫自擲出遂以俱免曹瞞傳曰操小字阿瞞少好譎詐遊放無度孫盛雜語云武王少好俠放蕩不修行業嘗私入常侍張讓宅中讓乃手戟於庭踰垣而出有絶人力故莫之能害也

魏武行役失汲道軍皆渴乃令曰前有大梅林饒子甘酸可以解渴士卒聞之口皆出水乘此得及前源

魏武常言人欲危己己輒心動因語所親小人曰汝懷刃密來我側我必說心動執汝使行刑汝但勿言其使無他當厚相報執者信焉不以爲懼遂斬之此人至死不知也左右以爲實謀

〇客姥。

客姥

逆者挫氣矣曹瞞傳曰操在軍廩穀不足私語主者曰何如主者云可以小斛足之操曰善後軍中言操欺衆操題其主者背以徇曰行小斛盜軍穀遂斬之仍云特當借汝死以厭衆心其變詐皆此類也

魏武常云我眠中不可妄近近便斫人亦不自覺左右宜深慎此後陽眠所幸一人竊以被覆之因便斫殺自爾每眠左右莫敢近者

袁紹年少時曾遣人夜以劒擲魏武少下不著魏武揆之其後來必高因帖臥牀上劒至果高按袁曹後由鼎跱迹始攜貳自斯以前不聞讐隙有何意故而剚之以劒也

王大將軍既爲逆頓軍姑孰晉明帝以英武之才猶相猜憚乃著戎服騎巴賨馬齎一金馬鞭陰察軍形勢未至十餘里有一客姥居店賣食帝過愒之謂姥曰王敦舉兵圖逆猜害忠良朝

○捷悟篇『魏武尝过曹娥碑下』条：『我才不如卿，三十里觉（唐写本）』。『王东亭作宣武主簿』条：『时彦同游者，连镳俱进。唯东亭一人常在前，觉数十步。』与此『已觉多许里』之『觉』同义。晋书七七蔡谟传『倍半之觉』。

○黄头鲜卑奴。

○剔吐。

廷駭懼社稷是憂故劬勞晨夕用相覘察恐形迹危露或致狼狽追迫之日姥其匿之便與客姥馬鞭而去行敦營帀而出軍士覺曰此非常人也敦臥心動曰此必黃須鮮卑奴來命騎追之已覺多許里追士因問向姥不見一黃須人騎馬度此邪姥曰去已久矣不可復及於是騎人息意而反異苑曰帝躬往姑孰敦時晝寢卓然驚悟曰營中有黃頭鮮卑奴來何不縛取帝所生母荀氏燕國人故貌類焉

王右軍年減十歲時大將軍甚愛之恒置帳中眠大將軍嘗先出右軍猶未起須臾錢鳳入屏人論事晉陽秋曰鳳字世儀吳嘉興尉子也姦慝好利爲敦鎧曹參軍知敦有不臣心因進說後敦敗見誅都忘右軍在帳中便言逆節之謀右軍覺既聞所論知無活理乃剔吐汙頭面被褥詐孰眠敦論事造半方意右軍未起相與大驚曰不得不除之及開帳乃見吐

唾從橫信其實孰眠於是得全于時稱其有智按諸書皆云王允之事而此言羲之疑謬

陶公自上流來赴蘇峻之難令誅庾公謂必戮庾可以謝峻晉陽秋曰是時成帝在襁褓太后臨朝中書令庾亮以元舅輔政欲以風軌格政繩御四海而峻擁兵近甸為逋逃藪亮圖召峻王導卞壼並不欲亮曰蘇峻豺狼終為禍亂晁錯所謂削亦反不削亦反遂下優詔以大司農徵之峻怒曰庾亮欲誘殺我也遂克京邑平南溫嶠聞亂號泣登舟遣參軍王愆期推征西陶侃為盟主俱赴京師時亮敗績奔嶠人皆尤而少之嶠愈相崇重分兵以配給之庾欲奔竄則不可欲會恐見執進退無計溫公勸庾詣陶曰卿但遙拜必無它我為卿保之庾從溫言詣陶至便拜陶自起止之曰庾元規何緣拜陶士行畢又降就下坐陶又自要起同坐坐定庾乃引咎責躬深相遜謝陶不覺釋然

溫公喪婦從姑劉氏家值亂離散唯有一女甚有姿慧姑以屬

○却后。
○文苑英华一五四梁简文帝同刘洛议咏春雪诗：『思妇流黄素，温姬玉镜台，看花言可插，定自非春梅。』
○若姑姓刘氏，姑女焉得不姓刘乎。
○日译本注，当从方正篇25改『文彪』。

卻后

文苑英華一五四梁簡文帝同劉洛議咏春雪詩 思婦流黃素温姬玉鏡台看花言可插定自非春梅

若姑姓劉氏姑女焉得不姓劉乎

日譯本注，當從方正篇25改文彪

公覓婚公密有自婚意荅云佳壻難得但如嶠比云何姑云喪敗之餘乞粗存活便足慰吾餘年何敢希汝比卻後少日公報姑云已覓得婚處門地粗可壻身名宦盡不減嶠因下玉鏡臺一枚姑大喜既婚交禮女以手披紗扇撫掌大笑曰我固疑是老奴果如所卜按温氏譜嶠初取高平李暅女中取琅琊王詡女後取廬江何邃女都不聞取劉氏便爲虛謬谷口云劉氏政謂其姑爾非指其女姓劉也孝標之注亦未爲得　玉鏡臺是公爲劉越石長史北征劉聰所得王隱晉書曰建興二年嶠爲劉琨假守左司馬都督上前鋒諸軍事討劉聰晉陽秋曰聰一名載字玄明屠各人父淵因亂起兵死聰嗣業

諸葛令女庾氏婦既寡誓云不復重出此女性甚正彊無有登車理郎庾亮子會妻父彪已見上　恢既許江思玄婚乃移家近之初誑女云宜徙於是家人一時去獨留女在後比其覺已不復得出江郎

○往。

往

莫來女哭詈彌甚積日漸歇江彪暝入宿恒在對牀上後觀其意轉帖彪乃詐厭良久不悟聲氣轉急女乃呼婢云喚江郎覺江於是躍來就之曰我自是天下男子厭何預卿事而見喚邪既爾相關不得不與人語女默然而慙情義遂篤葛令之清英江君之茂識必不背聖人之正典習蠻夷之穢行康王之言所輕多矣

愍度道人始欲過江與一傖道人為侶謀曰用舊義在江東恐不辦得食便共立心無義既而此道人不成渡愍度果講義積年名德沙門題目曰支愍度才鑒清出孫綽愍度贊曰支度彬彬好是拔新俱稟昭見而能越人世重秀異咸競爾珍孤桐嶧陽浮磬泗濱後有傖人來先道人寄語云為我致意愍度無義那可立舊義者曰種智有是而能圓照然則萬累斯盡謂之空無常住不變謂之妙有而無義者曰種智之體豁如太虛虛而能知無而能應居宗至極其唯無乎治此計權救饑爾無為遂負如來也

○不翅。
○僻錯

王文度弟阿智惡乃不翅當年長而無人與婚孫興公有一女亦僻錯又無嫁娶理因詣文度求見阿智既見便陽言此定可殊不如人所傳那得至今未有婚處我有一女乃不惡但吾寒士不宜與卿計欲令阿智娶之文度欣然而啓藍田云興公向來忽言欲與阿智婚藍田驚喜既成婚女之頑嚚欲過阿智方知興公之詐阿智王處之小字處之字文將辟州別駕不就娶太原孫綽女字阿恒

范玄平爲人好用智數而有時以多數失會嘗失官居東陽桓大司馬在南州故往投之桓時方欲招起屈滯以傾朝廷且玄平在京素亦有譽桓謂遠來投己喜躍非常比入至庭傾身引望語笑歡甚顧謂袁虎曰范公且可作太常卿范裁坐桓便謝其遠來意范雖實投桓而恐以趨時損名乃曰雖懷朝宗會有

○西朝

西朝

亡兒瘞在此，故來省視。桓悵然失望，向之虛佇，一時都盡。中興書曰：初，桓温請范汪爲征西長史，復表爲江州，並不就。還都，因求爲東陽太守。温甚恨之。汪後爲徐州，温北伐，令汪出梁國，失期，温挾憾奏汪爲庶人。汪居吳，後至姑孰見温。温語其下曰：玄平乃來見，當以護軍起之。汪數日辭歸。温曰：卿適來，何以便去？汪曰：數歲小兒喪，往年經亂，權瘞此境，故來迎之，事竟去耳。温愈怒之，竟不屑意。

謝遏年少時，好著紫羅香囊，垂覆手。太傅患之，而不欲傷其意，乃譎與賭，得卽燒之。遏，謝玄小字。

黜免第二十八

諸葛厷在西朝，少有清譽，爲王夷甫所重，時論亦以擬王。後爲繼母族黨所讒誣之，爲狂逆。將遠徙，友人王夷甫之徒詣檻車與別。厷問：朝廷何以徙我？王曰：言卿狂逆。厷曰：逆則應殺，狂何所徙？厷已見。

一

桓公入蜀至三峽中部伍中有得猿子者荊州記曰峽長七百里兩岸連山略無絕處重巖疊障隱天蔽日常有高猿長嘯屬引清遠漁者歌曰巴東三峽巫峽長猿鳴三聲淚沾裳其母緣岸哀號行百餘里不去遂跳上船至便卽絕破視其腹中腸皆寸寸斷公聞之怒命黜其人

殷中軍被廢在信安終日恒書空作字揚州吏民尋義逐之竊視唯作咄咄怪事四字而已晉陽秋曰初浩以中軍將軍鎮壽陽羌姚襄上書歸降後有罪浩陰圖誅之會關中有變符健死浩僞率軍而行云修復山陵襄前驅恐遂反軍至山桑聞襄將至棄輜重馳保譙襄至據山桑焚其舟實至壽陽略流民而還浩士卒多叛征西溫乃上表黜浩撫軍大將軍奏免浩除名爲民浩馳還謝罪旣而遷于東陽信安縣

桓公坐有參軍椅烝薤不時解共食者又不助而椅終不放舉坐皆笑桓公曰同盤尙不相助況復危難乎勑令免官

〇一。

〇『椅』当是人名。

〇烝薤。

〇王叔珉补正：『杨校笺本作「桓公坐有参军椅，食蒸薤不时解」。云：「椅，书钞一四五引世说作『名倚』。御览八四七引世说作『椅』，又九七七引世说作『猗』。『蒸』上书钞一四五引有『食』字，今据增。」案御览八四七未引此文。八四九引此文仍作「椅」。九七七引此，「椅」作「猗」。有注云：「音羁，筋（编者案：疑应是『筋』字。）取物也。」「椅」当作「掎」，属下读。掎，猗正假字。诗 七月「猗彼女桑」。毛传「角而束之曰猗」。猗亦掎之借字。朱氏通训定声有说。说文：「掎，偏引也」，故此文可训为筋取物。书钞一四五引此文「椅」作「名倚」，蒸上有「食」字。以「倚」为参军名，属上绝句，则「蒸」上当有「食」字。如御览九七七所引之注，为孝标逸注，则书钞所引不足据矣。又「不时」犹「不即」，陶诗「时还读我书」，「时」亦与「即」同义。

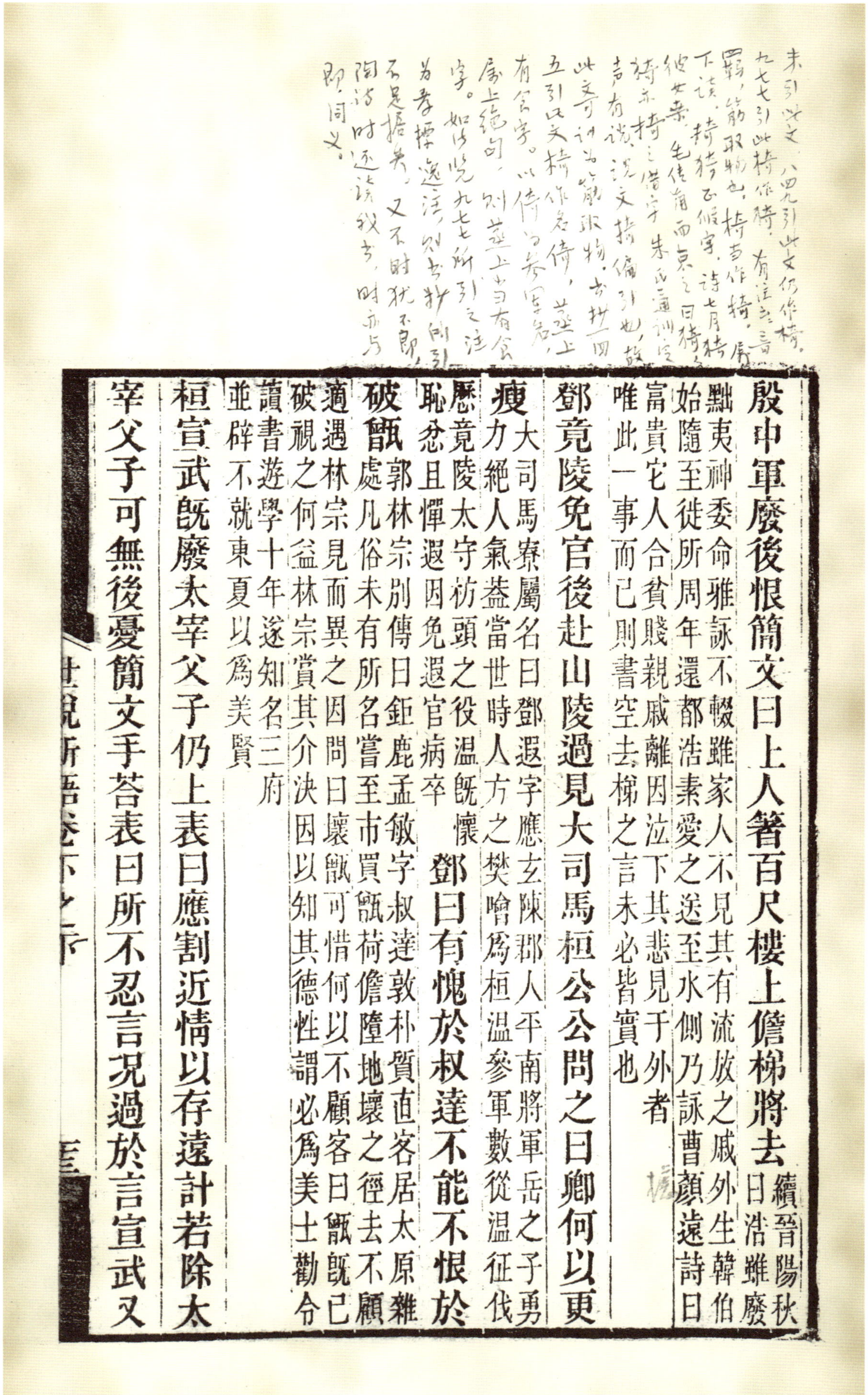
殷中軍廢後恨簡文曰上人著百尺樓上儋梯將去 續晉陽秋曰浩雖廢黜夷神委命雅詠不輟雖家人不見其有流放之戚外生韓伯始隨至徙所周年還都浩素愛之送至水側乃詠曹顏遠詩曰富貴宅人合貧賤親戚離因泣下其悲見于外者唯此一事而已則書空去梯之言未必皆實也

鄧竟陵免官後赴山陵過見大司馬桓公公問之曰卿何以更瘦 大司馬寮屬名曰鄧遐字應玄陳郡人平南將軍岳之子勇力絕人氣蓋當世時人方之樊噲爲桓溫參軍數從溫征伐歷竟陵太守枋頭之役溫既懷恥忿且憚遐因免遐官病卒 鄧曰有愧於叔達不能不恨於破甑 郭林宗別傳曰鉅鹿孟敏字叔達敦朴質直客居太原雖適遇林宗見而異之因問曰壞甑可惜何以不顧客曰甑既已破視之何益林宗賞其介決因以知其德性謂必爲美士勸令讀書遊學十年遂知名三府並辟不就東夏以爲美賢

桓宣武既廢太宰父子仍上表曰應割近情以存遠計若除太宰父子可無後憂簡文手荅表曰所不忍言況過於言宣武又

〇宋本『使人』二字作『倡妓』。

宋本使人二字作倡妓

重表辭轉苦切簡文更荅曰若晉室靈長明公便宜奉行此詔如大運去矣請避賢路桓公讀詔手戰流汗於此乃止太宰父子遠徙新安司馬晞傳曰晞字道升元帝第四子初封武陵王拜太宰少不好學尚武凶恣時太宗輔政晞以宗長不得執權常懷憤慨欲因桓溫入朝殺之太宗即位新蔡王晃首辭引與晞及子綜謀逆有司奏晞等斬刑詔原之徙新安晞未敗四五年中喜爲挽歌自搖大鈴使左右習和之又燕會使人作新安人歌舞離別之辭其聲甚悲後果徙新安

桓玄敗後殷仲文還爲大司馬咨議意似二三非復往日大司馬府聽前有一老槐甚扶疎殷因月朔與衆在聽視槐良久歎曰槐樹婆娑無復生意晉安帝紀曰桓玄敗殷仲文歸京師高祖以其衞從二后且以大信宜令引爲鎮軍長史自以名輩先達位遇至重而後來謝混之徒皆疇昔之所附也今比肩同列常怏然自失後果徙信安

殷仲文既素有名望自謂必當阿衡朝政忽作東陽太守意甚不平晉安帝紀曰仲文後爲東陽愈憤怨乃與桓胤謀反遂伏誅仲文嘗照鏡不見頭俄而難及及之郡至

○单衣。

富陽慨然歎曰看此山川形勢當復出一孫伯符孫策富春人故及此而歎

儉嗇第二十九

和嶠性至儉家有好李王武子求之與不過數十王武子因其上直率將少年能食之者持斧詣園飽共噉畢伐之送一車枝與和公問曰何如君李和既得唯笑而已晉諸公贊曰嶠性不通治家富擬王公而至儉將有犯義之名語林曰嶠諸弟往園中食李而皆計核責錢故嶠婦弟王濟伐之也

王戎儉吝其從子婚與一單衣後更責之王隱晉書曰戎性至儉不能自奉養財不出外天下人謂爲膏肓之疾

司徒王戎既貴且富區宅僮牧膏田水碓之屬洛下無比契疏鞅掌每與夫人燭下散籌筭計晉諸公贊曰戎性簡要不治儀望自遇甚薄而產業過豐論者以爲台輔之望不重王隱晉書曰戎好治生園田周徧天下翁嫗二人常以象牙籌晝夜筭計家資晉陽秋曰戎多殖財賄常

若不足或謂戎故以此自晦也戴逵論之曰王戎晦默於危亂之際獲免憂禍旣明且哲於是在矣或曰大臣用心豈其然乎逵曰運有險易時有昏明如子之言則蘧瑗季札之徒皆負責矣自古而觀豈一王戎也哉

王戎有好李賣之恐人得其種恒鑽其核

王戎女適裴頠貸錢數萬女歸戎色不說女遽還錢乃釋然

衞江州在尋陽永嘉流人名曰衞展字道舒河東安邑人祖列彭城護軍父韶廣平令展光熙初除鷹揚將軍江州刺史有知舊人投之都不料理唯餉王不留行一斤此人得餉便命駕本草曰王不畱行生太山治金瘡除風久服之輕身李弘範聞之曰家舅刻薄乃復驅使草木中興書曰李軌字弘範江夏人仕至尚書郎按軌劉氏之甥此應弘度非弘範也

王丞相儉節帳下甘果盈溢不散涉春爛敗都督白之公令舍去曰愼不可令大郎知王悦也

蘇峻之亂庾太尉南奔見陶公陶公雅相賞重陶性儉吝及食

○料理。
○王不留行。
○卉。

○向讯。
○周旋。
○黄门。
○交斩。

向訊

周旋

黃门
交斩

噉薤庾因留白陶問用此何爲庾云故可種於是大歎庾非唯風流兼有治實

郗公大聚斂有錢數千萬嘉賓意甚不同常朝旦問訊郗家法子弟不坐因倚語移時遂及財貨事郗公曰汝正當欲得吾錢耳廼開庫一日令任意用郗公始正謂損數百萬許嘉賓遂一日乞與親友周旋略盡郗公聞之驚怪不能已已中興書曰超少卓犖而不羈有曠世之度

汰侈第三十

石崇每要客燕集常令美人行酒客飲酒不盡者使黃門交斬美人王丞相與大將軍嘗共詣崇丞相素不能飲輒自勉彊至於沈醉每至大將軍固不飲以觀其變已斬三人顏色如故尚

作妓 黃門 琉璃器 綺纙 澳釜 步障

不肯飲丞相讓之大將軍曰自殺伊家人何預卿事王隱晉書曰石崇爲荆州刺史劫奪殺人以致巨富王丞相德音記曰丞相素爲諸父所重王君夫問王敦聞君從弟佳人又解音律欲一作妓可與共來遂往吹笛人有小忘君夫聞使黄門階下打殺之顔色不變丞相還曰恐此君處世當有如此事兩說不同故詳錄

石崇廁常有十餘婢侍列皆麗服藻飾置甲煎粉沈香汁之屬無不畢備又與新衣著令出客多羞不能如廁王大將軍往脫故衣著新衣神色傲然羣婢相謂曰此客必能作賊語林曰劉實詣石崇如廁見有絳紗帳大牀茵蓐甚麗兩婢持錦香囊實遽反走即謂崇曰向誤入卿室內崇曰是廁耳

武帝嘗降王武子家武子供饌並用瑠璃器婢子百餘人皆綾羅絝纙以手擎飲食烝㹠肥美異於常味帝怪而問之答曰以人乳飲㹠帝甚不平食未畢便去王石所未知作纙一作䙰

王君夫以粭糒澳釜石季倫用蠟燭作炊君夫作紫絲布步障

○作妓。

○黄门。

○『作贼』，六朝习语，非谓盗窃也。梁书十三沈约传：约说高祖，谓『若不早定大业，稽天人之望，脱有一人立异，便损威德。若天子还都，公卿在位，则君臣分定，无复异心。君明于上，臣忠于下，岂复有人方更同公作贼。』与此同意。又魏书六六崔光韶传：『凡起兵者须有名义，使君今日举动，直是作贼耳。』七三杨大眼传：『召诸蛮渠示之曰：「卿等若作贼，吾政如此相杀也。」』

○宋书八五王景文传：『吾自了不作偷，犹如不作贼。』『偷』『贼』并举，尤为确证。

○琉璃器。

○绔纙。

○澳釜。

○步障。

熟末

○熟末

碧綾裏四十里石崇作錦步障五十里以敵之石以椒爲泥王以赤石脂泥壁晉諸公贊曰王愷字君夫東海人王肅子也雖無檢行而少以才力見名有在公之稱既自以外戚晉氏政寬又性至豪舊制鴆不得過江爲其羽檪酒中必殺人愷爲翊軍時得鴆於石崇而養之其大如鵞喙長尺餘純食蛇虺司隸奏按愷崇詔悉原之卽燒於都街愷肆其意色無所忌憚爲後軍將軍卒謚曰醜

石崇爲客作豆粥咄嗟便辦恒冬天得韭蓱齏又牛形狀氣力不勝王愷牛而與愷出遊極晚發爭入洛城崇牛數十步後迅若飛禽愷牛絕走不能及每以此三事爲搤腕乃密貨崇帳下都督及御車人問所以都督曰豆至難煑唯豫作熟末客至作白粥以投之韭蓱齏是搗韭根雜以麥苗爾復問馭人牛所以駛馭人云牛本不遲由將車人不及制之爾急時聽偏轅則駛矣愷悉從之遂爭長石崇後聞皆殺告者晉諸公贊曰崇性好俠與王愷競相誇衒

手快

无服余衵

也

王君夫有牛名八百里駮常瑩其蹄角王武子語君夫我射不如卿今指賭卿牛以千萬對之君夫既恃手快且謂駿物無有殺理便相然可令武子先射武子一起便破的卻據胡牀叱左右速探牛心來須臾炙至一臠便去相牛經曰牛經出甯戚傳百里奚漢世河西薛公得其書以相牛千百不失本以負重致遠未服輜軿故文不傳至魏世高堂生又傳以與晉宣帝其後王愷得其書焉臣按其相經云陰虹屬頸千里注曰陰虹者雙筋白尾骨屬頸甯戚所飯者也愷之牛其亦有陰虹也甯戚經曰棰頭欲得高百體欲得緊大膁踈肋難齡齡龍頭突目好跳又角欲得細身欲促形欲得如卷

王君夫嘗責一人無服餘衵因直內著曲閤重閨裏不聽人將出遂饑經日迷不知何處去後因緣相爲垂死迺得出

石崇與王愷爭豪並窮綺麗以飾輿服續文章志曰崇資產累巨萬金宅室輿馬僭擬

○手快。
○无服余衵。

王者庖膳必窮水陸之珍後房百數皆曳紈繡珥金翠而絲竹之藝盡一世之選築榭開沼殫極人巧與貴戚羊琇王愷之徒競相高以侈靡而崇爲居最之首琇等每愧羨以爲不及也

武帝愷之甥也每助愷嘗以一珊瑚樹高二尺許賜愷枝柯扶疏世罕其比愷以示崇崇視訖以鐵如意擊之應手而碎愷既惋惜又以爲疾己之寶聲色甚厲崇曰不足恨今還卿乃命左右悉取珊瑚樹有三尺四尺條幹絕世光彩溢目者六七枚如愷許比甚衆愷惘然自失南州異物志曰珊瑚生大秦國有洲在漲海中距其國七八百里名珊瑚樹洲底有盤石水深二十餘丈珊瑚生於石上初生白軟弱似菌國人乘大船載鐵網先沒在水下一年便生網目中其色尚黃枝柯交錯高三四尺大者圍尺餘三年色赤便以鐵鈔發其根繫鐵網於船絞車舉網還裁鑿恣意所作若過時不鑿便枯索蟲蠹其大者輸之王府細者賣之廣志曰珊瑚大者可爲車軸

王武子被責移第北邙下晉諸公贊曰濟與從兄恬不平濟爲河南尹未拜行過王宮吏不時下道

〇当从晋书四二王济传作『王佑』，王恬乃王导

次子瑯琊王氏也
不長者

俗以牛心為貴

次子、瑯玡王氏也。
○不长者。
○俗以牛心为贵。

濟於車前鞭之有司奏免官論者以濟爲不長者尋轉太僕而王恬已見委任濟遂斥外于時人多地貴濟好馬射買地作埒編錢帀地竟埒時人號曰金溝溝一作埒

石崇每與王敦入學戲見顏原象家語曰顏回字子淵魯人少孔子二十九歲而髮白三十二歲蚤死原憲已見而歎曰若與同升孔堂去人何必有間王曰不知餘人云何子貢去卿差近史記曰端木賜字子貢衛人嘗相魯家累千金終於齊石正色云士當令身名俱泰何至以醫臚語人原憲以醫爲巨臚

彭城王有快牛至愛惜之朱鳳晉書曰彭城穆王權字子輿宣帝弟馗子太始元年封王太尉與射賭得之彭城王曰君欲自乘則不論若欲噉者當以二十肥者代之既不廢噉又存所愛王遂殺噉

王右軍少時在周侯末坐割牛心噉之於此改觀俗以牛心爲貴故羲之先飡之

○果。
○言气。

忿狷第三十一

魏武有一妓聲最清高而情性酷惡欲殺則愛才欲置則不堪於是選百人一時俱教少時還有一人聲及之便殺惡性者

王藍田性急嘗食雞子以筯刺之不得便大怒舉以擲地雞子於地圓轉未止仍下地以屐齒蹍之又不得瞋甚復於地取內口中齧破即吐之王右軍聞而大笑曰使安期有此性猶當無一豪可論況藍田邪（中興書曰述清貴簡正少所推屈唯以性急爲累安期述父也有名德已見）

王司州嘗乘雪往王螭許（王胡之王恬並已見恬小字螭虎）司州言氣少有牾逆於螭便作色不夷司州覺惡便輿牀就之持其臂曰汝詎復足與老兄計（按王氏譜胡之是恬從祖兄）螭撥其手曰冷如鬼手馨彊來捉人臂

○五木。
○并榻。
○『尔多』犹言『如此多』。
○『矜咳』日译为おごりたかぶる。

桓宣武與袁彥道樗蒱袁彥道齒不合遂厲色擲去五木溫太眞云見袁生遷怒知顏子爲貴論語曰哀公問弟子孰爲好學孔子曰有顏回者好學不遷怒不貳過不幸短命死矣

謝無奕性麤彊以事不相得自往數王藍田肆言極罵王正色面壁不敢動半日謝去良久轉頭問左右小吏曰去未荅云已去然後復坐時人歎其性急而能有所容

王令詣謝公值習鑿齒已在坐當與并榻王徙倚不坐公引之與對榻去後語胡兒曰子敬實自淸立但人爲爾多矜咳殊足損其自然劉謙之晉紀曰王獻之性甚整峻不交非類

王大王恭嘗俱在何僕射坐中興書曰何澄字子玄淸正有器望歷尚書左僕射恭時爲丹陽尹大始拜荊州靈鬼志謠徵曰初桓石民爲荊州鎭上時民忽歌黃曇曲曰黃曇英揚州大佛來上

朋少時石氏死王忱爲荊州佛大忱小字也訖將乖之際大勸恭酒恭不爲飲大逼彊之轉苦便各以帬帶繞手恭府近千人悉呼入齋大左右雖少亦命前意便欲相殺何僕射無計因起排坐二人之閒方得分散所謂勢利之交古人羞之

桓南郡小兒時與諸從兄弟各養鵞共鬭南郡鵞每不如甚以爲忿廼夜往鵞欄閒取諸兄弟鵞悉殺之既曉家人咸以驚駭云是變怪以白車騎車騎曰無所致怪當是南郡戲耳問果如之

讒險第三十二

王平子形甚散朗內實勁俠鄧粲晉紀云劉琨嘗謂澄曰卿形雖散朗而內勁狹以此處世難得其死澄默然無以荅後果爲王敦所害劉琨聞之曰自取死耳

世說新語卷下之下　完

宋書三一五行志、晉書二八五行志中上朋作上明

實

○宋书三一五行志、晋书二八五行志中『上朋』作『上明』。
○实。

○短长说。○沂。○及。

袁悅有口才能短長説亦有精理始作謝玄參軍頗被禮遇後丁艱服除還都唯齎戰國策而已語人曰少年時讀論語老子又看莊易此皆是病痛事當何所益邪天下要物正有戰國策既下說司馬孝文王大見親待幾亂機軸俄而見誅（袁氏譜曰悅字元禮陳郡陽夏人父朗給事中仕至驃騎咨議太元中悅有寵於會稽王每勸專覽朝權王頗納其言王恭聞其説言於孝武乃託以它罪殺悅於市中既而朋黨同異之聲播於朝野矣）

孝武甚親敬王國寶王雅（雅別傳曰雅字茂建東海人少知名晉安帝紀曰雅之爲侍中孝武甚信而重之王珣王恭特以地望見禮至於親幸莫及雅者上每置酒燕集或召雅未至上不先舉觴時議謂珣恭宜傳東宮而雅以寵幸超授太傳尚書左僕射）雅薦王珣於帝帝欲見之嘗夜與國寶雅相對帝微有酒色令喚珣垂至已聞卒傳聲國寶自知才出珣下恐傾奪要寵因曰王珣當今名流陛下不宜有酒色見之自可

別詔也帝然其言心以爲忠遂不見珣

王緒數讒殷荆州於王國寶殷甚患之求術於王東亭曰卿但數詣王緒往輒屏人因論它事如此則二王之好離矣殷從之國寶見王緒問曰比與仲堪屏人何所道緒云故是常往來無它所論國寶謂緒於己有隱果情好日疎讒言以息按國寶得寵於會稽王由緒獲進同惡相求有如市賈終至誅夷曾不攜貳豈有仲堪微間而成離隟

尤悔第三十三

魏文帝忌弟任城王驍壯因在卞太后閤共圍棊並噉棗文帝以毒置諸棗蔕中自選可食者而進王弗悟遂雜進之既中毒太后索水救之帝預敕左右毀缾罐太后徒跣趨井無以汲須臾遂卒魏略曰任城威王彰字子文太祖卞太后第二子性剛勇而黃須北討代郡獨與麾下百餘人突虜而走太祖

○州将。

州將

閭曰我黄須兒可用也魏志春秋曰黄初三年彰來朝初彰問璽綬將有異志故來朝不卽得見有此忿懼而暴薨復欲害東阿太后曰汝已殺我任城不得復殺我東阿魏志方伎傳曰文帝問占夢周宣吾夢磨錢文欲滅而愈更明何謂宣悵然不對帝固問之宣曰陛下家事雖欲爾而太后不聽是以欲滅更明耳帝欲治弟植之罪逼於太后但加貶爵

王渾後妻琅邪顏氏女王時爲徐州刺史交禮拜訖王將荅拜觀者咸曰王侯州將新婦州民恐無由荅拜王乃止武子以其父不荅拜不成禮恐非夫婦不爲之拜謂爲顏妾顏氏恥之以其門貴終不敢離婚姻之禮人道之大豈由一不拜而遂爲妾媵者乎世說之言於是乎紕繆

陸平原河橋敗爲盧志所讒被誅王隱晉書曰成都王穎討長沙王乂使陸爲都督前鋒諸軍事機別傳曰成都王長史盧志與機弟雲趣舍不同又黄門孟玖求爲邯鄲令於穎穎敎付雲雲時爲左司馬曰刑餘之人不可以君民玖聞此怨雲與志讒構日至及機於七里澗大敗玖誣機謀反所致穎乃使牽秀斬機先是夕夢黑幔繞車手決

〇平子面似羌。

平子面似羌

不聞□惡之明旦秀兵奄至機解戎服著衣帢見秀容貌自若遂見害時年四十三軍士莫不流涕是日天地霧合大風折木平地尺雪干寶晉紀曰初陸抗誅步闡百口皆盡有識尤之及機雲見害三族無遺臨刑歎曰欲聞華亭鶴唳可復得乎八王故事曰華亭吳由拳縣郊外墅也有清泉茂林吳平後陸機兄弟共遊於此十餘年語林曰機為河北都督聞警角之聲謂孫丞曰聞此不如華亭鶴唳故臨刑而有此歎

劉琨善能招延而拙於撫御一日雖有數千人歸投其逃散而去亦復如此所以卒無所建鄧粲晉紀曰琨為并州牧糺合齊盟驅率戎旅而內不撫其民遂至喪軍失士無成功也敬徹按琨以永嘉元年為并州于時晉陽空城寇盜四攻而能收合士眾抗行淵勒十年之中敗而能振不能撫御其得如此乎凶荒之日千里無煙豈一日有數千人歸之若一日數千人去之又安得一紀之間以對大難乎

王平子始下丞相語大將軍不可復使羌人東行平子面似羌按王澄自為王敦所害丞相名德豈應有斯言也

王大將軍起事丞相兄弟詣闕謝周侯深憂諸王始入甚有憂

色丞相呼周侯曰百口委卿周直過不應既入苦相存救既釋周大說飲酒及出諸王故在門周曰今年殺諸賊奴當取金印如斗大繫肘後大將軍至石頭問丞相曰周侯可爲三公不丞相不荅又問可爲尚書令不又不應因云如此唯當殺之耳復默然逮周侯被害丞相後知周侯救己歎曰我不殺周侯周侯由我而死幽冥中負此人虞預晉書曰敦克京邑參軍呂猗說敦曰周顗戴淵皆有名望足以惑衆視近日之言無慙懼之色若不除之役將未歇也敦即然之遂害淵顗初猗爲臺郎淵既上官素有高氣以猗小器待之故售其說焉

王導温嶠俱見明帝帝問温前世所以得天下之由温未荅頃王曰温嶠年少未諳臣爲陛下陳之王迺具敘宣王創業之始誅夷名族寵樹同己及文王之末高貴鄉公事宣王創業誅曹爽任蔣濟之流

者是也高貴鄉公之事已見上明帝聞之覆面箸牀曰若如公言祚安得長

王大將軍於衆坐中曰諸周由來未有作三公者有人荅曰唯周侯邑五馬領頭而不克大將軍曰我與周洛下相遇一面頓盡値世紛紜遂至於此因爲流涕鄧粲晉紀曰王敦參軍有於敦坐樗蒱臨當成都馬頭被殺因謂曰周家奕世令望而位不至三公伯仁垂作而不果有似下官此馬敦慨然流涕曰伯仁總角時與於東宮相遇一面披衿便許之三司何圖不幸王法所裁悽愴之深言何能盡

温公初受劉司空使勸進母崔氏固駐之嶠絕裾而去温氏譜曰嶠父儋娶淸河崔參女迄於崇貴鄉品猶不過也每爵皆發詔虞預晉書曰元帝郎位以温嶠爲散騎侍郎嶠以母亡遭賊不得往臨葬固辭詔曰嶠以未葬朝議又頗有異同故不拜其令八坐議吾將折其衷

庾公欲起周子南子南執辭愈固庾每詣周庾從南門入周從後門出庾嘗一往奄至周不及去相對終日庾從周索食周出

○者。
○酉阳杂俎续集四："魏戏法，先立棋于局中，余者白黑围绕之，十八筹成都。"
○披衿。
○乡品不过。

○复。

復

蔬食庾亦彊飯極歡并語世故約相推引同佐世之任既仕至將軍二千石尋陽記曰周邵字子南與南陽翟湯隱於尋陽廬山庾亮臨江州聞翟周之風束帶躡履而詣焉聞庾至轉避之亮後密往值邵彈鳥於林因前與語還便云此人可起即拔為鎮蠻護軍西陽太守其集載與邵書曰西陽一郡戶口差實非履道真純何以鎮其流遁詢之朝野僉曰足下令具上表請足下臨之無讓而不稱意中宵慨然曰大丈夫乃為庾元規所賣一歎遂發背而卒

阮思曠奉大法敬信甚至大兒年未弱冠忽被篤疾阮氏譜曰牖字彥倫裕長子也仕至州主簿兒既是偏所愛重為之祈請三寶晝夜不懈謂至誠有感者必當蒙祐而兒遂不濟於是結恨釋氏宿命都除以阮公智識必無此弊脫此非謬何其惑歟夫文王期盡聖子不能駐其年釋種誅夷神力無以延其命故業有定限報不可移若請禱而望其靈匪驗而忽其道固陋之徒耳豈可以言神明之智者哉

桓宣武對簡文帝不甚得語廢海西後宜自申敘乃豫撰數百

○「作此寂寂」日译：鸣りをひそめる。

○疾。

作此寂寂 鳴りをひそめる

語陳廢立之意既見簡文簡文便泣下數十行宣武矜愧不得一言

桓公臥語曰作此寂寂將爲文景所笑既而屈起坐曰既不能流芳後世亦不足復遺臭萬載邪續晉陽秋曰桓溫既以雄武專朝任兼將相其不臣之心形于音迹曾臥對親僚撫枕而起曰爲爾寂寂爲文景所笑衆莫敢對

謝太傅於東船行小人引船或遲或速或停或待又放船從橫撞人觸岸公初不呵譴人謂公常無嗔喜曾送兄征西葬還征西謝奕日莫雨駛小人皆醉不可處分公乃於車中手取車柱撞馭人聲色甚厲夫以水性沈柔入隘奔激方之人情固知迫隘之地無得保其夷粹孟子曰湍水決之東則東決之西則西搏而躍之可使過顙激而行之可使在山豈水之性哉人可使爲不善性亦猶是也

年少

苻

年少

媒尼左右　日譯據晉書二七五行志中、六四道子傳作姏姆尼僧，謂媒當作姏，老女也

簡文見田稻不識問是何草左右荅是稻簡文還三日不出云寧有賴其末而不識其本文公種菜曾子牧羊縱不識稻何所多悔此言必虛

桓車騎在上明畋獵東信至傳淮上大捷語左右云羣謝年少大破賊因發病薨談者以爲此死賢於讓揚之荆續晉陽秋曰桓沖本以將相異宜才用不同忖己德量不及謝安故解揚州以讓安自謂少經軍鎮及爲荆州聞苻堅自出淮肥深以根本爲慮遣其隨身精兵三千人赴京師時安已遣諸軍且欲外示閒暇因令沖軍還沖大驚曰謝安乃有廟堂之量不閑將略吾量賊必破襄陽而并力淮肥今大敵果至方遊談示暇遣諸不經事年少而實寡弱天下誰知吾其左衽矣俄聞大勳克舉慚慨而薨

桓公初報破殷荆州周祇隆安記曰仲堪以人情注於玄疑朝廷欲以玄代己遣道人竺僧懋賫寶物遺相王寵幸媒尼左右以罪狀玄玄知其謀而擊滅之曾講論語至富與貴是人之所欲不以其道得之不處孔安國注曰不以其道得富貴則仁者不處玄意色甚惡

紕漏第三十四

○年少。
○苻。
○年少。
○『媒尼左右』，日译据晋书二七五行志中、六四道子传『姏姆尼僧』，谓『媒』当作『姏』，老女也。

○瑠璃盌。○中恶风。○遂。○酒藏。

瑠璃盌

中恶风

遂

酒藏

王敦初尚主敦尚武帝女舞陽公主字脩禕如厠見漆箱盛乾棗本以塞鼻王謂厠上亦下果食遂至盡既還婢擎金澡盤盛水瑠璃盌盛澡豆因倒箸水中而飲之謂是乾飯羣婢莫不掩口而笑之

元皇初見賀司空言及吳時事問孫皓燒鋸截一賀頭是誰司空未得言元皇自憶曰是賀劭劭郎循父也皓凶暴驕矜劭上書切諫皓深恨之親近憚劭貞正譖云謗毀國事被詰責後還復職劭中惡風口不能言語皓疑劭託疾收付酒藏考掠千數卒無一言鋸殺之司空流涕曰臣父遭遇無道創巨痛深無以仰荅明詔禮記創巨者其日久痛深者其愈遲元皇愧慙三日不出

蔡司徒渡江見彭蜞大喜曰蟹有八足加以二螯令烹之既食吐下委頓方知非蟹後向謝仁祖說此事謝曰卿讀爾雅不熟幾爲勸學死大戴禮勸學篇曰蟹二螯八足非蛇蟺之穴無所寄託者用心躁也故蔡邕爲勸學章取義焉爾雅

失志

曰螖蠌小者蟧即彭蜞也似蟹而小今彭蜞小於蟹而大於彭螖即爾雅所謂螖蠌也然此三物皆八足二螯而狀甚相類蔡謨不精其小大食而致弊故謂讀爾雅不熟也

任育長年少時甚有令名武帝崩選百二十挽郎一時之秀彥育長亦在其中王安豐選女壻從挽郎挍其勝者且擇取四人任猶在其中童少時神明可愛時人謂育長影亦好自過江便失志王丞相請先度時賢共至石頭迎之猶作疇日相待一見便覺有異坐席竟下飲便問人云此爲茶爲茗覺有異色乃自申明云向問飲爲熱爲冷耳嘗行從棺邸下度流涕悲哀王丞相聞之曰此是有情癡晉百官名曰任瞻字育長樂安人父琨少府卿瞻歷謁者僕射都尉天門太守

謝虎子嘗上屋熏鼠虎子據小字據字玄道尙書褒第二子年三十三亡胡兒既無由知父爲此事聞人道癡人有作此者戲笑之時道此非復一過太

中郎

鮺

望其意氣 世說音釋謂意氣指饋餉

傅既了己之不知因其言次語胡兒曰世人以此謗中郎亦言我共作此中郎據也章仲反按世有兒弟三人則謂第二者爲中今謝昆弟有六而以據爲中郎未可解當由有三時以中爲稱因仍不改也胡兒懊熱一月日閉齋不出太傅虛託引己之過以相開悟可謂德教

殷仲堪父病虛悸聞牀下蟻動謂是牛鬬殷氏譜曰殷師字師子祖識父融並有名師至驃騎咨議生仲堪續晉陽秋曰仲堪父嘗有失心病仲堪腰不解帶彌年父卒孝武不知是殷公問仲堪有一殷病如此不仲堪流涕而起曰臣進退唯谷大雅詩也毛公注曰谷窮也

虞嘯父爲孝武侍中帝從容問曰卿在門下初不聞有所獻替虞家富春近海謂帝望其意氣對曰天時尚煖𩼈魚蝦䱹未可致尋當有所上獻帝撫掌大笑中興書曰嘯父會稽人光祿潭之孫右將軍純之子少歷顯位

○中郎。
○鮺。
○『望其意气』，世说音释谓『意气指馈饷』。

（與王廞同廢爲庶人義旗初爲會稽內史）

王大喪後朝論或云國寶應作荊州（晉安帝紀曰王忱死會稽王欲以國寶代之孝武中詔用仲堪乃止）國寶主簿夜函白事云荊州事已行國寶大喜而夜開閤喚綱紀話勢雖不及作荊州而意色甚恬曉遣參問都無此事即喚主簿數之曰卿何以誤人事邪

惑溺第三十五

魏甄后惠而有色先爲袁熙妻甚獲寵曹公之屠鄴也令疾召甄左右白五官中郎已將去公曰今年破賊正爲奴（魏略曰建安中袁紹爲中子熙娶甄會女紹死熙出在幽州甄留侍姑及鄴城破五官將從而入紹舍見甄怖以頭伏姑膝上五官將謂紹妻袁夫人扶甄令舉頭見其色非凡稱歎之太祖聞其意遂爲迎娶擅室數歲世語曰太祖下鄴文帝先入袁尚府見婦人被髮垢面垂涕立紹妻劉後文帝問知是熙妻使令攬髮以巾拭面姿貌絕倫既過劉謂甄曰不復死矣遂納之有子魏氏春秋曰五官

○任。

○哭。
○葬夕。

將納熙妻也孔融與太祖書曰武王伐紂以妲己賜周公太祖以融博學眞謂書傳所記後見融問之對曰以今度古想其然也

荀奉倩與婦至篤冬月婦病熱乃出中庭自取冷還以身熨之婦亡奉倩後少時亦卒以是獲譏於世粲別傳曰粲常以婦人才智不足論自宜以色爲主驃騎將軍曹洪女有色粲於是聘焉容服帷帳甚麗專房燕婉歷年後婦病亡未殯傅嘏往喭粲粲不明而神傷嘏問曰婦人才色並茂爲難子之聘也遺才存色非難遇也何哀之甚粲曰佳人難再得顧逝者不能有傾城之異然未可易遇也痛悼不能已已歲餘亦亡亡時年二十九粲簡貴不與常人交接所交者一時俊傑至葬夕赴期者裁十餘人悉同年相知名士也哭之感慟路人粲雖褊隘以燕婉自喪然有識猶追惜其能言

奉倩曰婦人德不足稱當以色爲主裴令聞之曰此乃是興到之事非盛德言冀後人未昧此語何劭論粲曰仲尼稱有德者有言而荀粲滅於是力顧所言有餘而識不足

賈公閭充別傳曰充父逵晚有子故名曰充字公閭言後必有充閭之異後妻郭氏酷妒有男

〇异苑十载此事作『充就乳母怀中呜撮』。
〇貉子。

異苑十載此事作充就乳母懷中嗚撮

貉子

兒名黎民生載周充自外還乳母抱兒在中庭兒見充喜踊充就乳母手中嗚之郭遙望見謂充愛乳母卽殺之兒悲思啼泣不飲它乳遂死郭後終無子晉諸公贊云郭氏卽賈后母也爲性高朗知后無子甚憂愛愍懷每勸厲之臨亡誨賈后令盡意於太子言甚切至趙充華及賈謐母並勿令出入宮中又曰此皆亂汝事后不能用終至誅夷臣按傳暢此言則郭氏賢明婦人也向令賈后撫愛愍懷豈當縱其妒悍自斃其子然則物我不同或老壯情異乎

孫秀降晉晉武帝厚存寵之太原郭氏錄曰秀字彥才吳郡吳人爲下口督甚有威恩孫皓憚欲除之遣將軍何定遡江而上辭以捕鹿三千口供廚秀豫知謀遂來歸化世祖喜之以爲驃騎將軍交州牧妻以姨妹蒯氏室家甚篤妻嘗妒乃罵秀爲貉子晉陽秋曰蒯氏襄陽人祖良吏部尚書父鈞南陽太守秀大不平遂不復入蒯氏大自悔責請救於帝時大赦羣臣咸見既出帝獨留秀從容謂曰天下曠蕩蒯夫人可得從其例不秀免冠而謝遂爲夫婦如初

青璅

○青璅。

韓壽美姿容賈充辟以爲掾充每聚會賈女於青璅中看見壽說之恒懷存想發於吟詠後婢往壽家具述如此幷言女光麗壽聞之心動遂請婢潛修音問及期往宿壽蹻捷絕人踰牆而入家中莫知晉諸公贊曰壽字德眞南陽赭陽人曾祖暨魏司徒有高行壽敦家風性忠厚豈有若斯之事諸書無聞唯見世說自未可信自是充覺女盛自拂拭說暢有異於常後會諸吏聞壽有奇香之氣是外國所貢一箸人則歷月不歇十洲記曰漢武帝時西域月氏國王遣使獻香四兩大如雀卵黑如桑椹燒之芳氣經三月不歇蓋此香也充計武帝唯賜己及陳騫餘家無此香疑壽與女通而垣牆重密門閤急峻何由得爾乃託言有盜令人修牆使反曰其餘無異唯東北角如有人跡而牆高非人所踰充乃取女左右婢考問即以狀對充秘之以女妻壽郭子謂與韓壽通者乃是陳騫女即以妻壽未婚而女亡壽因娶賈氏故世因傳是充女

○周旋。

周旋

王安豐婦常卿安豐安豐曰婦人卿壻於禮爲不敬後勿復爾婦曰親卿愛卿是以卿卿我不卿卿誰當卿卿遂恒聽之

王丞相有幸妾姓雷頗預政事納貨蔡公謂之雷尚書（語林曰雷有寵生恬洽）

仇隙第三十六

孫秀既恨石崇不與綠珠（干寶晉紀曰石崇有妓人綠珠美而工笛孫秀使人求之崇別館北邙下方登涼觀臨清水使者以告崇出其婢妾數十人以示之曰任所以擇使者曰本受命者指綠珠也未識孰是崇勃然曰綠珠吾所愛不可得也使者曰君侯博古知今察遠照邇願加三思崇不然使者已出又反崇竟不許）又憾潘岳昔遇之不以禮後秀爲中書令岳省內見之因喚曰孫令憶疇昔周旋不秀曰中心藏之何日忘之岳於是始知必不免（王隱晉書曰岳父文德爲琅邪太守孫秀爲小吏給使岳數蹴蹋秀而不以人遇之也）後收石崇歐陽堅石同日

当是邓粲晋纪，刘邓二字每相误也。

○当是『邓粲晋纪』，『刘』『邓』二字每相误也。

收岳晉陽秋曰歐陽建字堅石渤海人有才藻時人爲之語曰渤海赫赫歐陽堅石初建爲馮翊太守趙王倫爲征西將軍孫秀爲腹心撓亂關中建每匡正由是有隙王隱晉書曰石崇潘岳與賈謐相友善及謐廢懼終見危與淮南王謀誅倫事泄收崇及親朞以上皆斬之初岳母誡岳以止足之道及收與母別曰負阿母崇家河北收者至曰吾不過流徙交廣耳及車載東市始歎曰奴輩利吾家之財收崇人曰知財爲害何不蚤散崇不能荅石先送市亦不相知潘後至石謂潘曰安仁卿亦復爾邪潘曰可謂白首同所歸語林曰潘石同刑東市石謂潘曰天下殺英雄卿復何爲潘曰俊士塡溝壑餘波來及人潘金谷集詩云投分寄石友白首同所歸乃成其讖

劉璵兄弟少時爲王愷所憎嘗召二人宿欲默除之令作阬阬畢垂加害矣石崇素與璵琨善聞就愷宿知當有變便夜往詣愷問二劉所在愷卒迫不得諱荅云在後齋中眠石便徑入自牽出同車而去語曰少年何以輕就人宿劉璨晉紀曰琨與兄璵俱知名遊權貴之

○大王指元帝。
○船樓。

間當世以爲豪傑

王大將軍執司馬愍王，夜遣世將載王於車而殺之，當時不盡知也。晉陽秋曰：司馬丞字元敬，譙王遜子也。爲中宗相州刺史，路過武昌，王敦與燕會，酒酣，謂丞曰：大王篤實佳士，非將御之才。對曰：焉知鉛刀不能一割乎？敦將謀逆，召丞爲軍司馬。丞歎曰：吾其死矣！地荒民解，勢孤援絕，赴君難，忠也；死王事，義也。死忠與義，又何求焉？乃馳檄諸郡，丞赴義。敦遣從母弟魏乂攻丞，王廙使賊迎之，薨於車。敦既滅，追贈驃騎，謚曰愍王。雖愍王家亦未之皆悉，而無忌兄弟皆穉。無忌別傳曰：無忌字公壽，丞子也。才器兼濟，有文武幹。襲封譙王，衛軍將軍。王胡之與無忌長甚相暱，胡之嘗共遊，無忌入告母，請爲饌。母流涕曰：王敦昔肆酷汝父，假手世將。司馬氏譜曰：丞娶南陽趙氏女。王廙別傳曰：廙字世將，祖覽，父正。廙高朗豪率。王導、庾亮遊于石頭，會廙至，爾日迅風飛驟，廙倚船樓長嘯，神氣甚逸。導謂亮曰：世將爲復識事。亮曰：正足舒其逸耳。性倨傲，不合己者面拒之，故爲物所疾。加平南將軍，薨。吾所以積年不告汝者，王氏門彊，汝兄弟尚幼，不欲使此聲著，蓋以避禍

○通。○前。

耳無忌驚號抽刃而出胡之去已遠

應鎮南作荊州王隱晉書曰應詹字思遠汝南南頓人璩曾孫也爲人弘長有淹度飾之以文才司徒何充歎曰所謂文質之士累遷江州刺史鎮南將軍王脩載譙王子無忌同至新亭與別坐上賓甚多不悟二人俱到有一客道譙王丞致禍非大將軍意正是平南所爲耳無忌因奪直兵參軍刀便欲斫脩載走投水舸上人接取得免中興書曰褚褒爲江州無忌於坐拔刀斫耆之褒與桓景共免之御史奏無忌欲專殺害詔以贖論前章既言無忌母告之而此章復云客敘其事且王廙之害司馬丞遐邇共悉脩齡兄弟豈容不知孫盛之言皆實錄也

王右軍素輕藍田藍田晚節論譽轉重右軍尤不平藍田於會稽丁艱停山陰治喪右軍代爲郡屢言出弔連日不果後詣門自通主人既哭不前而去以陵辱之於是彼此嫌隙大搆後藍

田臨揚州右軍尚在郡初得消息遣一參軍詣朝廷求分會稽爲越州使人受意失旨大爲時賢所笑藍田密令從事數其郡諸不法以先有隙令自爲其宜右軍遂稱疾去郡以憤慨致終中興書曰羲之與述志尚不同而兩不相能述爲會稽艱居郡境王羲之後爲郡申慰而已初不重詣述深以爲恨及除徵拜揚州就徵周行郡境而不歷羲之臨發一別而去羲之初語其友曰王懷祖免喪正可當尚書投老可得爲僕射更望會稽便自邈然述既顯授又檢校會稽郡求其得失主者疲於課對羲之恥慨遂稱疾去郡墓前自誓不復仕朝廷以其誓苦不復徵也

王東亭與孝伯語後漸異孝伯謂東亭曰卿便不可復測答曰王陵廷爭陳平從默但問克終云何耳漢書曰呂后欲王諸呂問右相王陵以爲不可問左丞相陳平平曰可陵出讓平平曰面折廷爭臣不如君全社稷定劉氏君不如臣晉安帝紀曰初王恭赴山陵欲斬國寶王珣固諫之乃止既而恭謂珣曰此日視君一似胡廣珣曰王陵廷爭陳平從默但問克終如何也

王陵廷争，陈平从默，但问克终云何耳，此语大有意味

○『王陵廷争，陈平从默，但问克终云何耳。』此语大有意味。

○『近过我余年』未详。

近过我余年未详

王孝伯死縣其首於大桁司馬太傅命駕出至標所孰視首曰卿何故趣欲殺我邪續晉陽秋曰王恭深懼禍難抗表起兵於是遣左將軍謝琰討恭恭敗走曲阿爲湖浦尉所擒初道子與恭善欲載出都面相折數聞西軍之逼乃令於兒塘斬之梟首於東桁也

桓玄將篡桓脩欲因玄在脩母許襲之庾夫人云汝等近過我餘年我養之不忍見行此事桓氏譜曰桓沖後娶潁川庾蔑女字姚晉安帝紀曰脩少爲玄所侮言論常鄙之脩深憾焉密有圖玄之意脩母曰靈寶視我如母汝等何忍骨肉相圖脩乃止

世說新語卷下之下終

思賢講舍校刊

四

引用書目 佚文 校勘小識 校勘小識補 攷證

世說新語注引用書目

六朝唐人書注最浩博者梁裴松之國志注劉孝標世說新語注及文選李善注三書而已酈亭水經注猶後也三書恆爲考訂家所采獲檢閱頗難故近人孫志祖有文選注引用書目趙翼有三國志注引用書目獨世說無之亦爲闕漏往讀宋陳振孫直齋書錄解題載世說有新安汪藻本首列攷異繼列人物世譜末記所引書目明以下刻本皆從宋陸游本出與汪本不同葢其亾佚久矣暇日取世說注中所引書凡得經史別傳三百餘種諸子百家四十餘種別集廿餘種詩賦雜文七十餘種釋道三十餘種因依阮孝緒七錄部次（見唐釋道宣廣弘明集卷三）按部分編其詩賦雜文則從文選目次以二書撰自梁人皆當時事也

諸書撰人篇第悉從漢隋二志或二志所無則以諸書引最先者注明其下如書鈔選注同引則注書鈔他仿此俾讀者因是書而得劉班之流別稽故書之逸文以覩孫趙之草率成篇殆不可同日語矣光緒癸巳季春月展上巳日葉德輝記

經典錄內篇一

易部

鄭元序易 隋志經部有周易九卷云後漢大司農鄭元注此其序也唐人孔穎達易正義序引作易論

易王弼注 隋志題周易十卷云魏尚書郎王弼撰

王廙繫辭注 隋志題周易三卷云晉驃騎將軍王廙注殘缺梁有十卷

殷融象不盡意論

殷融大賢須易論

殷浩孫盛共論易象

尚書部

尚書 漢書藝文志六藝尚書家題尚書經二十九卷師古曰此二十九卷伏生傳授者

尚書大傳 隋志三卷云鄭元注

尚書孔安國注 隋志題古文尚書十三卷云漢臨淮太守孔安國傳

詩部

詩毛萇注 亦稱毛公注　漢志題毛詩故訓傳三十卷隋志題毛詩二十卷云漢河間太守毛萇傳鄭元箋

韓詩外傳 漢志題韓詩外傳六卷隋志題韓詩外傳十卷前韓詩下云漢常山太傅韓嬰撰

詩鄭元注 按即箋也隋志與傳合併梁時分行

禮部

周禮 漢志題周官經六卷隋志題周官禮

禮記 亦稱曲禮　隋志題禮記二十卷云漢九江太守戴聖撰鄭元注

禮記鄭注 見上

大戴禮勸學篇 隋志題大戴禮記十三卷云漢信都王太傅戴德撰

謚法 隋志大戴禮記下云梁有謚法三卷後漢安南太守劉熙注亡

夏小正 隋志一卷云戴德撰

樂部

琴操 隋志三卷云晉廣陵相孔衍傳

春秋部

春秋公羊傳 漢志十一卷注云公羊子齊人

春秋左傳 漢志三十卷注云左邱明魯太史

國語 漢志二十一篇注云左邱明著

春秋傳杜預注 隋志題春秋左氏經傳集解三十卷云杜預注

論語部

論語 漢志論語古二十一篇齊二十二篇魯二十篇

論語孔安國注 隋志不著錄魏何晏論語集解引用

論語馬融注 隋志不著錄集解引用

論語鄭元注 隋志十卷云鄭元注

論語包氏注 隋志不著錄集解引用

家語 漢志題孔子家語二十七卷隋志同云王肅解

孔叢子 隋志七卷云陳勝博士孔鮒撰

五經通義 隋志八卷云梁九卷無撰人唐志云劉向撰

五經要義 隋志五卷云梁有十七卷雷氏撰

孝經部

孝經 漢志

爾雅 漢志三卷二十篇隋志入論語今從漢志

小學部

許慎說文隋志十五卷云許慎撰

蔡邕勸學篇隋志題勸學一卷云蔡邕撰

文字志隋志不箸錄初學記文部引撰人題王愔

記傳錄內篇二

國史部

史記漢志入春秋家題太史公百三十篇隋志入史部正史題史記一百三十卷目錄一卷云漢中書令司馬遷撰

古史攷隋志二十五卷云晉義陽亭侯譙周撰

漢書隋志一百一十五卷云漢護軍班固撰太山太守應劭集解

漢書應劭注隋志題漢書集解音義二十四卷云應劭撰

漢書韋昭注 隋志題漢書音義七卷云韋昭撰

漢書敘傳 隋志五卷云項岱撰

東觀漢記 隋志一百四十三卷云起光武記注至靈帝長水校尉劉珍等撰

續漢書 隋志八十三卷云晉祕書監司馬彪撰

謝沈後漢書 隋志八十五卷云本一百二十二卷晉祠部郎謝沈撰

薛瑩後漢書 隋志題後漢記六十五卷云本一百卷梁有今殘缺晉散騎常侍薛瑩撰

漢南紀 隋志題後漢南記四十五卷云本五十五卷今殘缺晉江州從事張瑩撰

魏書 隋志四十八卷云晉司空王沈撰

魏志 按即三國志之一隋志統題三國志六十五卷云晉太子中庶子陳壽撰

魏略 隋志不箸錄唐志入正史題三十八卷云魚豢注

魏略西戎傳 按此蓋魏略中之一篇也

蜀志 按此亦三國志之一

蜀志陳壽評 此即國志後評日

吴書 隋志二十五卷云韋昭撰本五十五卷梁有今殘缺

環濟吴紀 隋志九卷云晉太學博士環濟傳

吴録 隋志吴紀下云梁有張勃吴録三十卷亡

吴録士林 按吴録中之一篇士林林疑即儒林之別名

王隱晉書 隋志八十六卷云本九十二卷今殘缺晉著作郎王隱撰

虞預晉書 隋志二十六卷云本四十四卷訖明帝今殘缺晉散騎常侍虞預撰

朱鳳晉書 隋志十卷云未成本十四卷今殘缺晉中書郎朱鳳撰

中興書 隋志七十八卷云起東晉宋湘東太守何法盛撰

晉中興士人書 按此中興書中之一士人疑即文苑之別名

沈約晉書 隋志晉史草下云梁有沈約晉書一百一十一卷亡

晉安帝紀 按此晉書中之一篇也撰人無攷唐虞世南北堂書鈔武功部九引桓元置龍頭角一事又儀飾部一引桓元至京都一事又藝文類聚水部下引吳隱之飲貪泉一事均稱晉安帝紀則其書在隋唐間猶單行也今附著晉書後

宋書 隋志有徐爰孫嚴沈約三家今沈書與所引不合則未知爲孫爲嚴矣 以上正史

袁宏漢紀 隋志入古史題後漢紀三十卷云袁彥伯撰

張璠漢紀 隋志題後漢紀三十卷云張璠撰

魏氏春秋 隋志二十卷云孫盛撰

干寶晉紀 隋志二十三卷云干寶撰訖愍帝

曹嘉之晉紀 隋志十卷云晉前軍諮議曹嘉之撰

習鑿齒漢晉春秋 隋志題漢晉陽秋四十七卷云訖愍帝晉滎陽太守習鑿齒撰

鄧粲晉紀 隋志十一卷云訖明帝晉荊州別駕鄧粲撰

晉陽秋 隋志三十二卷云訖哀帝孫盛撰

劉謙之晉紀 隋志二十三卷云宋中散大夫劉謙之撰

徐廣晉紀 隋志四十五卷云宋中散大夫徐廣撰

徐廣晉紀文穎注 隋志不著錄

檀道鸞續晉陽秋 隋志二十卷云宋永嘉太守檀道鸞撰

周祇隆安紀 隋志不著錄唐志入編年題崇安記二卷云周祇撰虞世南北堂書鈔設官部九引作龍安記均避明皇諱也

劉璨晉紀 隋唐志均不著錄 疑即鄧粲之誤 以上古史

戰國策 隋志入雜史題三十二卷云劉向錄

吳越春秋 隋志十二卷云趙曄撰

英雄記 隋志題漢末英雄記八卷云王粲撰殘缺梁有十卷

世語 隋志題魏晉世語十卷云晉襄陽令郭頒撰

魏末傳 隋志二卷無撰人

晉諸公贊 隋志二十一卷云晉祕書監傅暢撰

晉後略 隋志題晉後略記五卷云晉下邳太守荀綽撰

梁祚魏國統 隋志二十卷云梁祚撰

典略 隋志八十九卷云魏郎中魚豢撰

帝王世紀 隋志十卷云皇甫謐撰起三皇盡漢魏 以上雜史

注厤部

晉惠帝起居注 隋志起居注晉元康起居注下云梁有晉惠帝起居注二卷亡

泰元起居注 隋志二十五卷云梁有五十四卷

舊事部

漢武故事 隋志入舊事篇題漢武帝故事二卷無撰人

八王故事 隋志題晉八王故事十卷無撰人

職官部

晉百官名 隋志入職官篇題三十卷無撰人

晉東宮官名

明帝東宮僚屬名

征西寮屬名

齊王官屬名

伏滔大司馬寮屬名

大司馬官屬名

庾亮寮屬名

庾亮參佐名

儀典部

謝公簡文謚議隋志不箸錄唐志入儀注題晉謝公謚議

晉博士張亮議隋志不箸錄唐歐陽詢蓺文類聚歲時部下引用

法制部

阮咸律議晉書律厤志引用

山公啟事晉山濤撰隋志不箸錄見本傳

僞史部

趙書隋志入霸史題十卷云一曰二石集記石勒事僞燕太傅長史田融撰

裴景仁秦書隋志題秦記十一卷云宋殿中將軍裴景仁撰

車頻秦書隋志不著錄

張資涼州記隋志題涼記八卷云記張軌事僞燕右僕射張諮撰按資諮一字即此人也

石勒傳隋志不著錄按志有二石傳二卷此疑其中一種也藝文類聚祥瑞部下引用

華陽國志隋志十二卷云常璩撰

雜傳部

海內先賢傳隋志入雜傳題四卷云魏明帝時撰

楚國先賢傳隋志十二卷云張方撰

汝南先賢傳隋志五卷云魏周斐撰

陳留志隋志十五卷云東晉剡令江敞撰

會稽後賢傳隋志題會稽後賢傳記二卷云鍾離岫撰

會稽典錄隋志二十四卷云虞預撰

江表傳 隋志不箸錄後漢書章懷注引用撰人題虞溥唐志入雜史題五卷云虞溥撰

稽康高士傳 隋志題聖賢高士傳贊云稽康撰周續之注

皇甫謐高士傳 亦稱高士傳亦稱皇甫謐曰皆省文 隋志六卷云皇甫謐撰

逸士傳 隋志一卷云皇甫謐撰

蕭廣濟孝子傳 隋志十五卷云晉輔國將軍蕭廣濟撰

鄭緝之孝子傳 隋志十卷云宋員外郎鄭緝之撰

袁宏名士傳 隋志有正始名士傳三卷云袁敬仲撰唐志有名士傳三卷云袁尚撰

江左名士傳 隋志一卷云劉義慶撰

名士傳 隋志袁劉外有海內名士傳一卷無撰人疑即是書

竹林七賢論 隋志二卷云晉太子中庶子戴逵撰

文士傳 隋志五十卷云張隱撰

列女傳隋志十五卷云劉向撰曹大家注

妬記隋志二卷云虞通之撰

永嘉流人名舊唐志職官類有晉永嘉流士十三卷云衞禹撰

嚴尤三將敘藝文類聚人部一引用太平御覽人事部七十八引作三將軍論

王朝目錄隋志不箸錄三國志注引有三朝錄疑郎是書三王形近易誤

文字志隋志不箸錄

條列吳事隋志不箸錄　按本書引孫休射雉一事北堂書鈔設官九徐堅初學記十一引胡沖閑刀筆一事撰人題薛瑩　以上總傳

徐江州本事隋志不箸錄　按徐江州徐寗也

太原郭氏錄隋志不箸錄

殷羨言行隋志不箸錄

荀氏家傳隋志不箸錄唐志入譜牒題十卷云荀伯子撰

褚氏家傳隋志一卷云褚顗等撰

裴氏家傳隋志四卷云裴松之撰

孔氏家傳隋志一卷無撰人

袁氏家傳以下隋志不箸錄北堂書鈔設官部三十一引用

李氏家傳

謝車騎家傳

顧愷之家傳

梁冀傳唐志題二卷無撰人

東方朔傳隋志八卷無撰人

東方朔別傳以下隋志不箸錄北堂書鈔樂部三引用

樊英別傳 北堂書鈔職官引用

郭泰別傳 國志注引用

陳寔傳

孔融別傳 藝文類聚雜器物部引用

鄭元別傳 國志注引用

管輅傳 隋志三卷云管辰撰

管輅別傳 以下隋志不著錄初學記引作管公明別傳

曹瞞傳 唐志一卷云吳人作

邴原別傳 國志注引用

王弼別傳 國志注引用作何劭撰

向秀本傳

向秀別傳文選注引

嵇康別傳文選注引用

殷浩別傳

左思別傳

陶侃別傳太平御覽引用

羅府君別傳含

卞壼別傳

范汪別傳

潘岳別傳國志注引用

孫放別傳北堂書鈔舟部引用

王濛別傳亦稱王長史別傳書鈔設官九引用

范宣別傳

衛玠別傳（初學記人部下引用）

劉尹別傳（惔）

鍾雅別傳

江惇別傳

祖約別傳

郭璞別傳

羊曼別傳

孟嘉別傳（北堂書鈔設官二十五引用）

陳逵別傳

賀循別傳

陽翼別傳

虞光祿別傳駿

阮孚別傳

阮光祿別傳裕

孔愉別傳

諸葛恢別傳

荀粲別傳北堂書鈔藝文部六引用作何劭撰

王敦別傳太平御覽引用

王丞相別傳導

王含別傳

司馬徽別傳太平御覽引用

王珉別傳初學記職官部上引用
王司徒別傳珣
王廙別傳書鈔舟部下引用
王邃別傳
王澄別傳
王乂別傳
王獻之別傳
王中郎別傳坦之
王胡之別傳
王汝南別傳
王彪之別傳

王劭王薈別傳書鈔酒食部三引王薈別傳

王彬別傳

王述別傳

王雅別傳

王舒別傳

謝玄別傳太平御覽引用

謝鯤別傳

陸機別傳國志注引用

陸雲別傳國志注引用

陸玩別傳

庾翼別傳

司馬晞傳

司馬無忌別傳

桓彝別傳（太平御覽引用）

桓溫別傳

桓沖別傳

桓玄別傳（書鈔酒食部三引用）

桓豁別傳

郗超別傳

郗鑒別傳

郗愔別傳

郗曇別傳

蔡充別傳

蔡司徒別傳

顧和別傳

顧凱之爲父傳凱之父悅

周顗別傳

周處別傳

孝文王傳梁簡文帝子

鬼神部

異苑隋志入雜傳題十卷云宋給事劉敬叔撰

搜神記隋志三十卷云干寶撰

靈鬼志謠徵隋志三卷云荀氏撰按謠徵疑其篇目也

孔氏志怪 隋志四卷云孔氏撰

幽明錄 隋志二十卷云劉義慶撰

土地部

洛陽宮殿簿 隋志入地里題一卷無撰人

吳興記 隋志三卷云山謙之撰

南徐州記 隋志三卷云山謙之撰

會稽記 隋志一卷云賀循撰

會稽土地志 隋志有會稽土地記一卷云朱育撰

盛宏之荆州記 隋志三卷云宋臨川王侍郎盛宏之撰

十洲記 隋志一卷云東方朔撰

南州異物志 隋志一卷云吳丹陽太守萬震撰

荀綽冀州記 以下隋志不著錄文選注引用

荀綽兗州記 書鈔設官部十引用

潯陽記 魏鄺道元水經注引用初學記地理上引用撰人題張僧鑒

揚州記 初學記地部中引用撰人題劉澄之

丹陽記 書鈔設官部二十四引用初學記州郡部撰人題山謙之

東陽記 書鈔武功部八引用撰人題鄭緝之

永嘉記 書鈔藝文部十引用初學地部下引用撰人題鄭緝之

襄陽記 書鈔政術部引用初學記州郡部撰人題習鑿齒

太康地記 國志注及沈約宋書州郡志引用

三秦記 水經注引用撰人題辛氏

西河舊事 唐章懷後漢書注引用

錢縣記水經漸江水注引用題錢唐記

會稽郡記書鈔引用

豫章舊志藝文類聚鳥部中引用不題撰人

遠法師廬山記水經注引用

遠法師遊山記太平御覽引用

譜狀部

晉世譜隋志不著錄

傳氏譜隋志入譜系題北地傳氏譜一卷無撰人

謝氏譜隋志一十卷無撰人

楊氏譜隋志一卷無撰人

庾氏譜以下隋志不著錄國志注引用

阮氏譜 國志注引用

孔氏譜 國志注引用

劉氏譜 國志注引用

陳氏譜 國志注引用

諸葛氏譜 國志注引用

周氏譜 晉陶潛羣輔錄引用

吳氏譜

羊氏譜

許氏譜

桓氏譜

馮氏譜

殷氏譜

陸氏譜（史記司馬貞索隱引用）

顧氏譜（文選注引用）

虞氏譜

衛氏譜

魏氏譜

溫氏譜

溫氏譜敘

曹氏譜

李氏譜（唐林寶元和姓纂引用）

袁氏譜

索氏譜

戴氏譜

賈氏譜

郝氏譜

郗氏譜

韓氏譜

張氏譜

荀氏譜羣輔錄引用

祖氏譜

司馬氏譜

王氏家譜國志注引作王氏譜

華嶠譜敘 國志注引用

謝女譜

摯氏世本

王祥家世

王氏世家

袁氏世紀 國志注引用

先賢行狀 亦稱潁川先賢行狀書鈔設官部十一引用

趙吳郡行狀 穆

簿錄部

劉向別錄 隋志入簿錄篇題七略別錄二十卷

邱淵之新集錄 隋志題晉義熙以來新集目錄三卷無撰人唐志云邱深之撰避高祖諱

邛淵之文章錄 隋志不著錄文選注引用

摯虞文章志 隋志四卷云摯虞撰

宋明帝文章志 隋志題晉江左文章志三卷云宋明帝撰

顧凱之晉文章記 以下隋志不著錄

文章敘錄 書鈔設官部十八引用

子兵錄內篇三

儒部

孟子 漢志入儒家云十一篇 隋志入儒家有鄭元趙岐劉熙注三家

賈誼新書 漢志題賈誼五十八篇 隋志題賈子云漢梁太傅賈誼撰

說苑 漢志入儒家劉向所序下 隋志入儒家題二十卷云劉向撰

杜篤新論 隋志不著錄後漢書本傳云篤著明世論十五篇疑即是書

揚子李軌注 漢志入儒家揚雄所序下 隋志入儒家題注揚子法言十五卷解一卷云揚雄撰李軌注

牟子 隋志二卷云後漢太尉牟融撰

典論 隋志五卷云魏文帝撰

譙子法訓 隋志八卷云譙周撰

道部

王弼老子注 隋志入道家題老子道德經二卷云王弼注

列子 漢志入道家題列子八篇注云名御寇隋志八卷云鄭之隱人列御寇撰

莊子 漢志五十二篇注名周宋人隋志音注二十家今存郭象注一家

莊子郭注 隋志三十卷目一卷云晉太傅主簿郭象注

莊子司馬彪注 隋志十六卷云司馬彪注本二十一卷今闕

向子期郭子元逍遙義 此莊子中之一篇隋志本有向秀郭象二家注疑此篇二家同也

名部

姚信士緯 隋志名家人物志下云梁有士緯新書十卷姚信撰

墨部

墨子 漢志入墨家云七十一篇 隋志十五卷目一卷云宋大夫墨翟撰

雜部

尸子 漢志入雜家題二十篇注名佼魯人 隋志二十卷目一卷云梁十九卷秦相商鞅上客尸佼撰

呂氏春秋 漢志二十六篇注秦相呂不韋輯智略士作 隋志二十六卷云高誘注

淮南子 漢志題淮南內二十一篇注王安 隋志二十一卷云漢淮南王劉安撰許慎注又二十一卷高誘注

論衡 隋志二十九卷云後漢徵士王充撰

風俗通 隋志題風俗通義三十一卷云錄一卷應劭撰梁三十卷

蔣濟萬機論隋志八卷云蔣濟撰

傅子隋志百二十卷云晉司隸校尉傅元撰

博物志隋志十卷云張華撰

農部

神農書漢志入農家題神農二十篇注六國時人所託

小說部

語林隋志小說家燕丹子下云語林十卷東晉處士裴啟撰

裴子當即語林

孫盛雜語隋志雜語五卷無撰人

郭子隋志三卷云東晉中郎郭澄之撰

兵部

孫子兵法漢志兵書畧吴孫子兵法八十二篇注圖九卷　隋志兵家題二卷云吴將孫武撰

文集錄內篇四

楚辭部

楚辭隋志入集部題十二卷云并目錄後漢校書郎王逸注

別集部

孫楚集隋志題馮翊太守孫楚集六卷

張敏集隋志題晉尙書郎張敏集二卷

庾亮集隋志題晉太尉庾亮集二十一卷

王脩集隋志晉潯陽太守庾純集下云梁有驃騎司馬王脩集三卷

謝萬集隋志題晉散騎常侍謝萬集十六卷

孫綽集隋志題晉衛尉卿孫綽集十五卷

桓溫集隋志題晉大司馬桓溫集十一卷

伏滔集隋志題晉伏滔集十一卷云幷目錄

習鑿齒集隋志題滎陽太守習鑿齒集五卷

袁宏集隋志題晉東陽太守袁宏集十五卷

桓元集隋志題桓元集二十卷

稽康集敘隋志有魏中散大夫稽康集十三卷

夏侯湛集敘隋志有晉散騎常侍夏侯湛集十卷

劉瑾集敘隋志有晉太常卿劉瑾集九卷

蔡洪集敘隋志晉安豐太守孫惠集下云梁有松滋令蔡洪集二卷錄一卷亡

孫綽高柔集序

總集部

婦人集 隋志人總集題二十卷無撰人

雜文部

西京賦 漢張衡撰見漢書本傳亦見文選

左思蜀都賦 見晉書本傳亦見文選

伏滔長笛賦 書鈔樂部引用

傅咸羽扇賦 書鈔服飾部引用

袁宏北征賦 見晉書本傳

傅元彈棋賦序 太平御覽引用

潘岳秋興賦敘 亦見文選

孫綽遂初賦序

魏武帝樂府詩

何晏五言詩
阮籍詠懷詩見文選
阮籍寄懷詩
孫楚除婦服詩
夏侯湛補笙詩
潘岳家風詩
潘岳送成都王軍司馬堪至北邙別詩
左思招隱詩亦見文選
郭璞幽思篇
庾闡從征詩
殷浩詠曹顏遠詩

石崇金谷詩序 亦見水經谷水注

王珣林法師墓下詩序

王珣遊嚴陵瀨詩序

謝歆金昌亭詩敘 隋志東陽太守袁宏集下云梁有車騎司馬謝韶集三卷此歆疑韶之譌謝韶官車騎司馬乃謝萬子附見晉書謝安傳晉書幷無謝歆也

魏武遺令 三國志注引用

王述下主簿敎

桓溫平洛表

王右軍夫人謝表

孫綽諫桓公遷都 晉書本傳諫移都洛陽疏

羊孚詣桓元牋

庾亮與周劭書

王沈與人書

太傅越與趙穆王承阮瞻鄧攸書

桓元與羊欣書

張華與褚陶書

蔡洪與刺史周浚書

劉琨與親舊

戴逵與所親書亦見藝文類聚人部二十

阮咸與姑書

姑答書

王羲之臨河敘按卽蘭亭序也

陶氏敘

夏侯湛羊秉敘

馬融自敘

夏侯湛周詩敘

嵇紹趙至敘亦見文選嵇趙景眞與嵇茂文書注

劉伶酒德頌見晉書本傳亦見文選

葛洪富民塘頌

習鑿齒晉承漢統論

嵇康聲無哀樂論書鈔樂部十八引作無聲哀樂論

歐陽堅石言盡意論亦見藝文類聚人部三

謝鯤元化論序

王隱論揚雄太元經

王坦之沙門不得爲高賢論

謝萬八賢論 初學記十七引謝萬八賢頌卽論後頌也

孫綽難謝萬八賢論

王脩賢人論

伏滔論靑楚人物

鍾會庭論稽康

何劭論荀粲

戴逵論王戎

戴逵論裴楷弔阮籍喪

劉寔論王肅

張野遠法師銘

劉鎮南銘表

袁宏孟處士銘陋

桓元王孝伯誄

孫綽庾公誄

孫綽劉惔誄敘原注誄誤諫　晉書劉惔傳載有孫綽誄此其敘也

孫統吏部虞存誄敘

孫綽庾亮碑文亦見藝文類聚職官部二

陸邁碑

張蒼梧碑

阮籍勸進文

張敏頭責子羽文亦見國志注

術伎錄內篇五

緯讖部

易乾鑿度隋志入經部統題易緯八卷云鄭元注此其中之一種也書鈔歲時部一引用

春秋攷異郵隋志春秋災異十五卷下云梁有春秋緯三十卷宋均注　此其中之一種也書鈔天部三引用正作春秋攷異郵

麻笇部

周髀隋志入天文題一卷　云趙嬰注又一卷云甄鸞重述

刑法部按漢志數術略有形法六家自山海經至相六畜則此刑法即漢志之形法也刑形二字本通

青烏子相冢書隋志不著錄　唐志五行家作青烏子三卷無撰人　書鈔酒食部六引作青烏子葬書藝文類聚山部上引作青烏子相冢書

伯樂相馬經 隋志五行相馬經下云梁有伯樂相馬經闕中銅馬法周穆王八馬圖

甯戚相牛經 隋志五行相牛經下云梁有齊侯大夫甯戚相牛經

相牛經 隋志注甯戚經外有王良相牛經高堂隆相牛經此或二家也

醫經部

本草 隋志醫方神農本艸八卷下云梁有神農本艸五卷

經方部

秦丞相寒食散論 隋志二卷不題撰人

雜藝部

衛恆四體書勢 隋志入小學題一卷晉長水校尉衛恆撰

顧愷之書贊

顧愷之畫贊

王夷甫畫贊

范汪棊品 隋志入兵家題碁九品序錄一卷范汪等注

佛法錄外篇一

戒律部

波羅密經 釋藏大乘經類著錄

涅盤經 釋藏大乘經類著錄

法華經 釋藏重譯經類著錄

維摩詰經 釋藏重譯經類著錄

僧肇智維摩詰經注 釋藏迹字號八著錄

釋氏經

釋氏辨空經

浮屠經

出經敘

遠法師阿毗曇敘 釋藏迹字號十著錄

論記部

大智度論 釋藏大乘論類著錄

成實論 釋藏小乘論類著錄

道賢論 梁釋慧皎高僧傳一引用

支氏逍遙論 釋藏不著錄

支公書 釋藏不著錄　按梁釋僧祐宏明集載有支遁與桓元書高僧傳四載有支遁與竺法深書此其類也

支道林集妙觀章

庾法暢人物論高僧傳四引作康法暢兩書必有一誤

孫綽名德沙門贊高僧傳五引用

孫綽道壹贊按此沙門贊之一

孫綽支愍度贊按此亦沙門贊之一

名德沙門題目高僧傳五引用

支法師傳太平御覽引作支遁傳

支遁別傳

安和上傳亦稱安法師傳

高坐傳

佛圖澄傳藝文類聚雜器物部引用

高逸沙門傳唐釋道安法苑珠林傳記篇題一卷云晉武帝時剡東仰山沙門釋法濟撰

仙道錄外篇二

經戒部

劉子政列仙傳隋志入雜傳

孫綽列仙傳讚隋志三卷云劉向撰孫綽贊

房中部

嵇叔夜養生論隋志道家符子下云梁有養生論三卷嵇康撰

以上七錄戰

徐廣歷紀按類聚引用有徐整三五歷紀疑即此書

許叔重曰

蔡邕曰

韓氏曰

舊說

舊語

以上六家無攷附錄於後

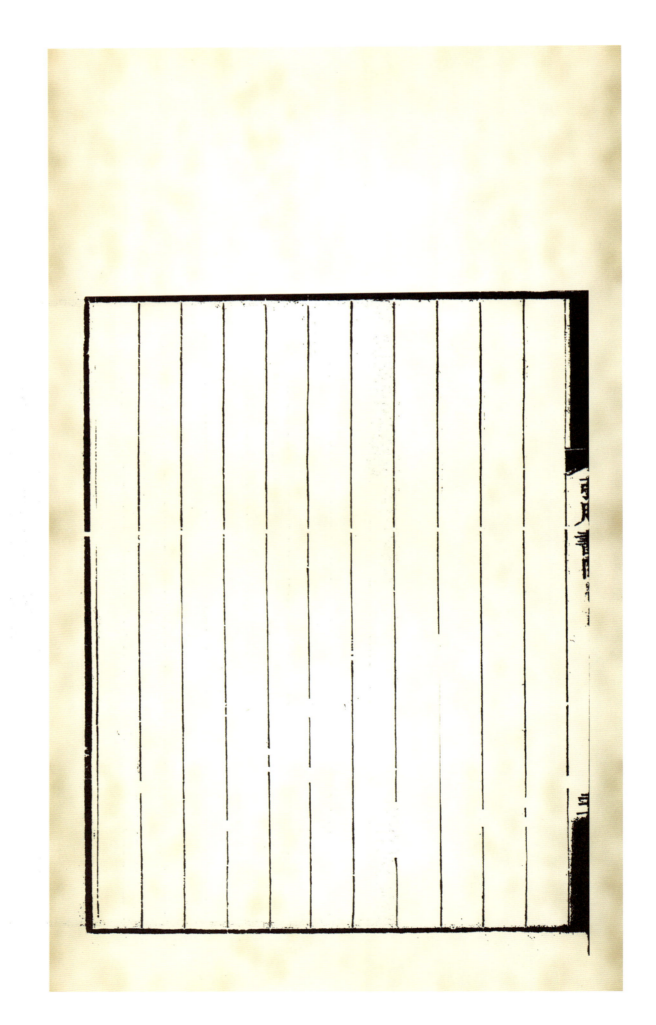

世說新語佚文

世說新語佚文引見唐宋人類書者往往與世語相出入太平御覽三百五十三引三公領兵條注云一出郭頒世語是宋人所見世說世語本相出入則類書兩引此稱世說彼稱世語者不僅爲字形之誤矣按世語晉郭頒撰見隋志雜史類孝標作注時亦援引以證異同則臨川此書或卽以之爲藍本也又有與幽明錄相出入者幽明錄亦臨川撰其中與世說互見之處如折臂三公及雷震柏木二事均在今術解篇中又各書引世說如初學記徐干木夢烏嵩高山大穴藝文類聚張華識龍鮓杜預醉眠化蛇防風鬼聽琴御覽張華客飲九醖酒望夫化石賀思令月夜遇稽中散宋處宗與雞談太平廣記王子喬墓劍之類或錯見幽明錄而各書標題有稱劉義慶世說者有注載出世說新語

〇『急』犹『假』也。

急猶假也

者有直云世說曰者疑臨川箸書時頗涉神怪久而析出別爲一書諸書稱引猶題世說葢從其朔也又御覽引婁綜夢得交州條注云幽明錄同今幽明錄反失載此事是宋時所存二書事本互見其又非引者之誤可知矣今於各書明稱世說者涓併重複得八十餘事或有同一類書時云世說時云世語又時云幽明錄悉注明於下以資攷證引用之書若初學記元刊麻沙本北堂書鈔明陳禹謨本藝文類聚明蘭雪堂本文選注元張伯顏本太平御覽明黃正色本太平廣記明談愷刊本事類賦明華氏刊宋本諸種皆元明舊槧其中文字間與今本不同坿誌於此以待讀者之覆檢焉光[illegible]九年歲在昭陽太荒落秋八月長沙葉德輝記

車武子爲侍中與王東亭諸人期共遊集車早急出過詣王子

○「尽急」谓假满。

尽急谓假满

敬於時宅在建陽門內道北於時以下十字初學記無據御覽增車求去王問卿初學記無卿字據御覽增何以忩忩御覽作忽忽茲從初學記車答曰與東亭諸人期共行王曰卿何以初學記無以字據御覽增乃作此不急行車遂不敢去盡急初學記此下有而字據御覽刪又本無盡字據御覽增還臺太平御覽六百三十四初學記政理部假第六

徐十木年少時嘗夢烏從天下銜長斗鐵樹其庭前烏復上天銜鐵下凡樹三鐵竟烏大鳴作惡聲而去徐後果得疾遂以惡終初學記鳥部烏第五太平御覽九百二十

嵩高山北有大穴晉時有人誤墮穴中緣行十許日有草屋區中有二人坐緣行以下十四字初學記作見二人三字茲從御覽圍棊局初學記無局字據御覽增下有一杯白飲與墮者飲氣力十倍棊者曰汝欲停此否墮者曰不願停棊者曰從此西行有天井其中有蛟龍但投身入井自

當出若餓取井中物食之墮者如言可半年乃出蜀中歸洛下三字御覽作因入二字茲從初學記問張華華曰此仙館也初學記誤作夫茲從御覽所飲者玉漿所食者龍肉初學記作穴誤御覽作肉按穴疑宍字之誤宍古肉字也幽明錄正作肉石髓初學記地部上嵩高山第七　太平御覽三十九　按此條今見義慶所撰幽明錄

偉弟子奮元康中至司隸校尉文選注四十　按偉滿偉

謝萬與安安書鈔作太傅二字茲從初學記御覽共詣簡文萬來無衣幘可前簡文曰但前不須衣幘即呼使入萬著白綸巾鶴初學記作鵠茲從御覽氅裘初學記無裘字茲從御覽履板而前即呼使入以下至此句止書鈔引無初學記只節引謝萬與安詣簡文著白綸巾鵠氅云云餘皆無今据御覽增既見御覽無此二字茲從書鈔共談移日方出御覽無方出二字末有大器重之句書鈔有方出二字無末一句今合鈔大器重之北堂書鈔藝文部四初學記器物部裘第十四　太平御覽六百九　又八百十九

郗嘉賓㝡三伏之日（書鈔及御覽八百五十九作月，兹從類聚及御覽三十一）詣謝公時（御覽無時字，兹從書鈔）炎暑熏赫諸人（御覽無諸人二字，兹從書鈔）雖復（御覽無復字，兹從書鈔）當風交扇猶䨓（書鈔事類䨓譌作沾，初學記作沾，兹從御覽八百五十九）汗流離（初學事類均引至此止）謝箸故絹（御覽八百五十九作練，兹從書鈔）衣食熱白粥晏然無異（御覽無此句，有下郗謂謝公二句，書鈔有此句，無下二句，兹合鈔）郗謂謝公曰非君幾不堪此（北堂書鈔歲時部三　藝文類聚歲時部上　初學記歲時部夏第二　太平御覽二十一　又三十一　又八百五十九　吳淑事類賦四）

王珣（珣御覽作東亭，兹從書鈔）夢人以大筆與之管如椽子大（書鈔與之二字在如椽下，無管子大三字，兹從御覽）既覺語人曰此他日（書鈔無他日二字，兹從御覽）當有大手筆事（書鈔無事字，兹從御覽）少日烈宗晏駕（六字書鈔作俄而帝崩，兹從御覽）哀冊謚議皆珣所草（御覽珣作王，下所草作所作，兹並從書鈔　北堂書鈔藝文部十　太平御覽三百九十九　又五百九十六　又六百五）

〇陈书廿六徐陵传：『世祖高宗之世，国家有大手笔，皆陵草之。』又卅陆琼传：『及讨周迪、陈宝应等，都官符及诸大手笔，并中勅付琼。』

茵憑

汲黯與周陽由同共車未嘗敢均茵憑北堂書鈔車部上

楊綜爲將軍曹爽主簿爽時誅方解印綬將出綜止之曰公挾主帷幄舍此以至東市乎不從有司奏綜宣王曰各爲其主也宥之北堂書鈔設官部二十一　三國魏志曹眞子爽傳注引作世語

王經爲江夏太守不發私書北堂書鈔設官部二十二　三國魏志夏侯尚子元傳注引作世語

較詐

姜維死時見剖膽大如斗藝文類聚人部一　太平御覽三百七十六　三國蜀志姜維傳注引作世語

世語

有人遺張華鮓者華見之謂客曰此龍肉鮓也鮓中則有五采光試之果如言後聞其主云於茅積下得白魚所作也藝文類聚食物部　太平御覽八百六十二

○茵凭。

○帛縺须。

帛縺須

顧愷之字長康癡信小術桓元嘗以一葉柳紿之曰此蟬翳葉也以自蔽人不見己愷之引葉自蔽元就溺焉愷之信不見以珍重之俗傳愷之有三絕此癡之一絕（藝文類聚木部下）

前輩人忌日唯不飲酒作樂王世將以忌日送客至新亭主人須臾（類聚無二字据御覽增）欲作音樂王便起去（御覽無去字今從類聚）持彈往衛洗馬墓下彈鳥（藝文類聚軍器部太平御覽三百五十）

二陸入洛而士龍不詣張公公問士衡（類聚無二陸以下十五字作張華問陸機曰云云茲從御覽）雲何以不來機曰雲有笑疾（御覽無雲字笑字茲從類聚）恐公未悉故未敢自見（類聚無自見二字茲從御覽）俄而雲詣華華爲人多姿制又好帛纏鬚雲見而大笑不能自已（藝文類聚人部三太平御覽三百九十二合下爲一事）

陸雲好笑嘗著縗（御覽縗作縗）幘上船因（類聚無因字据御覽增）水中自見其

影便大笑不能（類聚無能字据御覽增）已幾落水中（類聚無中字据御覽引增 又御覽六百八十八引云陸雲好笑着帔映水見影笑不能止）

劉越石爲胡騎所圍數重城中窘迫無計劉始夕乘月登樓淸嘯胡賊聞之皆淒然長歎中夜吹奏胡笳賊皆流涕人有懷土之切向曉又吹賊并起（御覽五百八十一起作棄）圍奔走或云是劉道眞（藝文類聚樂部四 又人部三 太平御覽五百八十一 又三百九十二）

劉備之初奔劉表屯于樊城表左右欲因僉取備備覺如厠便出所乘馬的顱走墮襄陽城西檀溪水中溺不得出備急謂的顱曰今日厄何不努力的顱達備意踊三丈得過（藝文類聚獸部上 三國蜀志先主傳注 太平御覽八百九十三事類賦四均引作世語）

杜預爲荆州刺史時有讌集大醉輒閉齋獨眠外聞齋中嘔吐

其聲甚苦有小吏開門看之止見牀上有一蛇垂頭牀邊吐都不見人既出密覺如此藝文類聚鱗介部上太平御覽四百九十七

會稽有防風鬼屢見城邑常跂雷門上脚乘至地晉橫陽令賀韜義鼓琴防風聞琴聲在賀中庭舞藝文類聚樂部四

張華既貴有少時賓客太平廣記賓客作知識來候之華與共飲九醞酒爲酣暢其夜醉眠華嘗飲此酒廣記酒下有醉字眠廣記眠下有後字輒使人廣記使人作敕字左右轉倒廣記倒作側其夜客別此四字廣記作至覺是夕忘敕而廣記而作之左右依常時爲張公轉倒廣記倒作側其友人無人爲之御覽無此七字據廣記增至明起廣記無起字友人猶不起華咄曰此必死矣使以上八字御覽無據廣記增視之酒果穿腹廣記腹作腸流牀下滂沱太平御覽四百九十七太平廣記酒

武昌陽新縣北山上有望夫石狀若人立傳云昔有貞婦其夫從役遠赴國難攜弱子餞送此山立望而化爲石太平御覽五十二事類賦七　按此條見幽明錄太平御覽四百四十又引作幽明錄

謝仁祖妾阿紀有國色善吹笛仁祖死阿紀誓死不嫁郗曇時爲北中郎將御覽無將字据事類賦增設權計遂得計遂得三字事類賦作詐以誘阿紀爲妾阿紀終身不與曇言十太平御覽五百八事類賦十一

會稽賀思令善彈琴嘗夜在事類賦在作坐茲從御覽月中坐事類賦無坐字臨風鳴絃御覽八百八十四作彈又五百七十九事類賦作絃忽有一人形貌御覽八百八十四作器又五百七十九事類賦作貌甚偉著械有慘色在中庭稱善便與共事類賦作交語自云是稽中散謂賀曰卿手下極快但于古法未備因授以廣陵散遂傳之於今不絕太平御覽五百七十九　又八百八十四事類賦十一　按此條又見幽明錄

五月五生

交刀

发吴芮冢

胡廣本姓黃事類賦黃作王五月五日御覽無五日二字据事類賦增生父母惡之乃置之瓮投于江胡翁見瓮流下聞有小兒啼聲往取因長養之以爲子遂登三司御覽二十一事類賦四均引至此止流中庸之號廣後不治其本親服云我本親以已爲死人也世世以爲深譏焉太平御覽二十一又三百六十一又七百五十八事類賦四

爰綜爲新安太守郡南界有刻石爰至其下醼飲忽有人得翦刀於石下者衆咸異之綜問主簿主簿對曰昔吾長沙桓王嘗飲餞孫洲父老云此州狹而長君當爲長沙乎果應夫三刀爲州今得交刀君亦當爲交州後果交州太平御覽二百五十九又八百三十引有注云幽明錄同

黃初末吳人發長沙王吳芮冢以其材於臨湘爲孫堅立廟容

○五月五日生。
○交刀。
○发吴芮冢。

○爵里刺。

爵里刺

貌如生衣服不朽後預發者見吳綱曰君何類長沙王芮但微短耳綱曰是先祖也自芮之卒至冢發四百餘年太平御覽五百五十八又三百九十六引有節刪　按此條水經湘水注三國魏志諸葛誕傳注引作世語

宋處宗甚有思理才嘗買得一長鳴雞愛養之甚至恆籠盛窗閒雞遂作人語與處宗談語極有理御覽三百九十理作言思終日不輟處宗思此言工疑功字誤大進太平御覽三百九十又七百六十四　按此條見幽明錄

夏侯築國志注引世語作榮疑此誤魏文示其爵里刺一見之悉憶太平御覽四百三十二　三國魏志夏侯淵傳注引作世語較詳

桓車騎時有陳莊者爲府將性仁愛雖在行陣未嘗殺戮太平御覽四百十九

桓車騎時有陳莊者入武當山學道所居恆有白煙香氣聞徹

○交戟义颈而前。
○作调。
○两头纑。

交戟义頸而前

作調

兩头纑

太平御覽九百八十一

舊制三公領兵入見皆交戟义頸而前初曹公將討張繡入覲天子時始復此制公自是不敢朝見太平御覽三百五十三幷注云一出郭頒世語按三國魏志武帝紀注正引作世語

鍾毓兄弟警悟過人每有嘲語未嘗屈躓毓語曾聞安陵能作調試共視之於是與弟盛飾共載從東門至西門一女子笑曰車中央殊高二鍾都不覺車後一門生云向已被嘲鍾愕然門生曰中央高者兩頭纑毓兄弟多鬚故以此調之太平御覽三百四十七

太祖父嵩在太山太祖令太山太守應劭送家詣兗州陶謙密遣數十騎掩捕嵩家懼穿後垣先出其妾肥不出逃於厠與妾俱被害太平御覽三百七十八三國魏志武帝紀注引作世語較詳

○微异。

微异

曹爽將誅夢二虎御（鮑刻及國志注御作衛此從明黃正色本）雷公若二升椀放箸庭中（太平御覽十三　三國魏志曹眞子爽傳注引作世語）

虞公善歌發聲動梁塵（太平御覽三十七）

桓宣武在南州與會稽王會於溧州於時漾舟江側謝公亦在狂風忽起波浪鼓涌非人力所至桓有懼色會稽王亦微異惟謝公怡然自若頃間風止桓問謝曰向那得不懼謝徐答曰何有三才同盡理（太平御覽七十一）

庾太尉初渡江行路人有避雨者悉聚諸廳事上征西車騎自譬遣之不肯去太尉新沐頭散髮高詠從閣內出避雨者退莫有踖者（太平御覽二百八十五）

太原孫楚字子荊爲大司馬石苞記室參軍（太平御覽二百四十九）

樂令有數客闊不復來樂問所以答曰前在坐蒙賜酒方欲飲見杯中有虵意甚惡之既飲而疾於時河南廳事壁有角角邊漆畫作虵樂疑是角影入杯中復令置杯酒於前處謂曰君更看酒中復有所見不答曰所見如初樂乃告其所以客豁然意解沈疴頓消原注云又一本作角弓太平御覽三百三十八

滿寵子偉偉子奮皆長八尺太平御覽三百七十七

桓元呼人溫酒自道其父名既而曰英雄正自粗疏太平御覽五百六十二

晉戴永字仲若父逵高尚不仕永年十六遭憂不忍傳父之琴與兄勃各造新弄勃五部永十五部又制長弄一部並傳於世太平御覽五百七十九

温醖

○温酒。

〇不雜。

司馬景王令中書令虞松作表再呈輒不可意令松更定松思竭不能改心存之形於顔色鍾會察其憂問松松以實答會取爲定五字松悅服以呈景王景王曰不當爾耶誰所定也曰鍾會向亦欲啟之會公見問不敢饕其能王曰如此可大用可令來會平旦入見至二鼓乃出出後王拊手太息曰此眞王佐才也太平御覽五百九十四　又五百九十九　按三國魏志鍾會傳注引作世語稍詳

張敷爲宋臺祕書郎。自彭城請假還東。於時相國府有一參將督護。亦請假。武帝遺傳令與敷云。可載之。答曰。臣性、不雜。遂不載。太平御覽六百三十四

桓宣武之誅袁眞也未當其罪世以爲冤焉袁眞在壽春嘗與宣武一妾妊疑當作姪焉生元及纂亦覆桓族識者以爲天理之所

○面脂。

面脂

至太平御覽六百四十五

王丞相常懸一麈尾著帳中及殷中軍來乃取之曰今當遺汝太平御覽七百三

江淮以北謂面脂爲面澤太平御覽七百十九

阮德如嘗與親友逍遥河側歎曰大丈夫不能使伏從陷於河橋非丈夫也坐者或曰德如以高素致名不應發此言必將病之候俄而性理果僻欲逸走家人嘗以一細繩橫繫之戶前以維之每欲出礙繩輒反時人以爲名士狂太平御覽七百三十九

魏明帝口吃少言而內明斷太平御覽七百四十

永嘉三年中牟縣故魏任城王臺下池有漢時鐵椎長六尺入地三尺頭西南指不動太平御覽七百六十三 水經注滑水篇引作郭頒世語

○此条见雅量篇，不应收入佚文。

長沙王徙封常山至國穿井入地四丈得白玉方三四尺太平御覽八百五

曹植妻衣繡太祖登臺見之以違制命還家賜死太平御覽八百十五　按三國魏志崔琰傳注引作世語

張華將敗有飄風吹衣軸六七倚壁太平御覽八百三十

劉表有酒爵三大曰伯雅次曰仲雅小曰季雅伯雅容七升仲雅六升季雅五升又設大針於座端客有酒輒劖之驗醉醒也太平御覽八百四十六

羊曼拜丹陽尹客早者並得佳設日晏則漸罄不復及精隨客早晚不問貴賤羊固拜臨海飲食皆美雖晚至者猶獲其盛饌時論以固之豐腆乃不如曼之眞率也太平御覽八百四十九

行帳

王東亭當之吳郡詣汰公道人宿別浦許府家往瓦官寺詣幔幄竟一寺東亭將夕至夜後汰公設豆藿糜汰公自噉一大甌東亭難汰公遂强進半甌須臾東亭行帳設名飲食果炙畢備汰公都無所噉太平御覽八百四十九

陸機入洛欲爲三都賦聞左思作之撫掌而笑與弟雲書云比聞有傖父欲作三都賦須其成當以覆醬瓮耳太平御覽八百六十五

晉司徒長史王濛好飲茶人至輒命飲之士大夫皆患之每欲往候必云今日有水厄太平御覽八百六十一 事類賦十七

孝武帝未嘗見驢謝太傅問陛下遥想其形當何所似孝武掩口而笑答曰頭當似豬太平御覽九百一

會稽有孤居老姥養一鵝鳴喚淸長時王逸少爲太守旣求市

○行帳。

之未得逸少乃擕親故命駕共往觀之姥聞二千石當來卽烹以待之逸少既至殊喪生意歎息彌日太平御覽九百十九

有王甲從北方來詣謝公問北方何果最勝甲云桑椹最好謝公問可以比江東何果甲云是黃甘之流公曰君何乃爾妄語甲既受妄語之名恐宰相所貴乃買駿馬候熟時取數十枚還以奉公公食之以爲美乃謂甲曰此味乃江東所無而君近比黃甘於是引甲爲賓客太平御覽九百七十三

郭泰秀立高跱澹然淵停九州之士悉懍懍宗仰以爲覆蓋蔡伯喈告盧子幹馬日磾曰吾爲天下作碑銘多矣未嘗不有慚咩爲郭有道先生碑頌無愧色耳太平廣記知人　按今本德行篇注載此事不詳

魏文帝嘗與陳思王植同輦出遊逢見兩牛在牆間鬬一牛不

如堅井而死。詔令賦死牛詩，不得道是牛，亦不得云是井，不得言其鬬，亦不得言其死。走馬百步，令成四十言，步盡不成，加斬刑。子建策馬而馳，旣攬筆賦曰：「兩肉齊道行，頭上帶橫骨。行至凶土頭，峍起相唐突。二敵不俱剛，一肉臥土窟。非是力不如，盛意不得洩。」賦成，步猶未竟。（太平廣記俊辯。按廣記合其豆詩爲一事，其豆詩已見本書捷悟篇，不重出。）

王子喬墓在京陵，戰國時有人盜發之，都無見，惟有一劍懸在壙中。欲取，而劍作龍虎之聲，遂不敢近。俄而逕飛上天。神仙經云：「眞人去世，多以劍代，五百年後，劍亦能靈化。」此其驗也。（太平廣記器玩，事類賦十三）

王曇首（御覽首譌作孫，茲從事類賦）年十四五，便歌諸妓向謝公稱歎，公甚欲聞之而王名家年少無由得聞諸妓又具向王說謝公意謝後出東府土山上作伎王時作兩丸髻箸袴褶騎馬往土山下故家墓林中作一曲歌於時秋月王因舉頭看北林卒曲便去妓白謝公曰此王郎歌也（事類賦十一　太平御覽三百七十三引不全茲從吳賦）

天下能笛者石崇婢綠珠之妹曰宋偉（事類賦十一）

王羲之曠之子早於其父枕中竊讀筆說父恐其幼不與乃拜泣而請之（事類賦十五）

王羲之得用筆法於白雲先生先生遺以鼠鬚筆（同上）

鍾繇張芝亦皆用鼠鬚筆（同上）

王羲之書蘭亭序用蠶繭紙鼠鬚筆遒媚勁健絕代更無（同上）

心痛遺

○年少
○作伎

吾忽身體不調憶想汝耳更無他也御覽四百十一

秦繆公使賈人載鹽百里奚使將車御覽八百六十五

崔駰有文才不續談助引無不字據御覽引增其縣令往造之駰子瑗年九歲書門曰人雖干木御覽此句作雖無干木茲從續談助君非文侯何爲光光入我里閭令見之問駰駰曰必兒續談助兒作瑗茲從御覽所書召瑗使書續談助此句作召瑗將詣所書茲從御覽乃書續談助引無書字茲從御覽曰君使臣以禮臣事君以忠御覽三百八十五晁氏續談助四

夏侯稱字義權自孺子時好合聚童兒爲之渠帥戲必爲軍旅戰陳之事有違者輒嚴以鞭捶眾莫敢逆父淵陰奇之使讀項羽傳及兵書不肯曰能則自爲耳安能學人年十六淵與之畋見奔虎稱驅馬逐之一箭而倒名聞太祖把其手喜曰我得汝

○爵里刺

矣與文帝爲布衣之交每讌會氣陵一座辨士不能荅世之高士多從之遊弟榮字幼權幼聰慧七歲能屬文誦書日千言經目輒識文帝聞而請焉賓客百餘人人奏一刺悉書其鄉邑姓氏所謂爵里刺也示之一過而使遍談不謬一人帝深奇之漢中之敗榮年十三左右提之走不肯曰君親在難焉所逃死乃奮劍戰遂沒御覽三百八十五又四百九引不全

劉華譜陳矯明帝以金五餅授矯曰君明朕心顧君妻子未知也御覽八百十一

威法濟者義興人其兒年十二得病經年有神來語言牀席不淨神何處得坐曰有漆巾箱甚淨神何不入中因內新果於箱中覺有聲以箱蓋覆之於是便聞箱中動搖卽以衣傳之可五

升米重而病愈御覽七百十一

吳興徐長夙與鮑南海有神明之交欲授以祕術先謂徐宜有約誓徐誓以不仕於是受籙常見八大神在側能知來見往才識日異縣鄉翕然有美談欲用爲縣主簿徐心悦之八神一朝不見七人餘一人倨傲不如常徐問其故荅曰君違誓不復相爲使身一人留衞籙耳徐乃還籙遂退御覽八百八十二

張衡亡月蔡邕母方娠此二人才貌相類時人云邕即衡之後身也續談助四

文帝出游楨見后人曰問彼后人彼服何麁何時去衞來游此都續談助四與劉公幹失敬條合爲一事失敬條已見本書言語篇故不重出

簡文集談士以致後客前客夜坐每設白粥唯然鐙鐙闇輒更

益炷續談助四與簡文在殿上行條合爲一事殿上行已見本書排調篇故不重出

四月八日孫晧溺金象云浴佛後陰病懺悔乃差白孔六帖三

幷州刺史畢軌送故漢渡遼將軍范明友鮮于奴年二百五十歲言語飲食如常人白孔六帖二十

校勘小識

世說惟浦江周氏紛欣閣本最善乃仿刻明嘉靖吳郡袁氏本也然亦不無舛誤用各本讎勘得數十則凡紛欣本誤而各本是及義可兩存與各本誤而非辨正不明者皆載焉餘不悉記以省繁文至若束晳系出二疏而受氏有去疎足之說（雅量類）苻堅字從草付而改姓稱應符命之祥（識鑒類）良以文字襲譌傳聞失審凡此之類由來已久不在糾舉之列焉先謙記

目錄夙惠一本惠作悟非

德行類陳太丘詣荀朗陵一條注陳寔上一本有陳寔傳曰四字是世說補亦有此脫

又王恭從會稽還一條注北平將軍坦之第四子也一本北平

作平北是世說補同此誤
言語類潁川太守髡陳仲弓一條下足下但因偪爲恭不能答
一本恭下有而字是世說補同此脫
又王郎中令伏玄度習鑿齒論青楚人物一條注羞與管仲比
德一本仲作晏世說補同
又謝中郎經曲阿後湖一條注歷吏部郎西中郎將一本無上
郎字非世說補有
文學類于法開始與支公爭名一條下云君何足復受人寄載
一本載下有來字
又殷荊州曾問遠公一條注本姓賈氏也爲冠族一本也作世
是

又袁伯彥作名士傳成一條伯彥當作彥伯各本皆誤
方正類齊王冏爲大司馬一條下注父綏祕書監一本綏作綬
又王述轉尚書令一條注述嘗以爲人之處世一本爲作謂案
爲謂古通
又劉簡作桓宣武別駕一條注父珽一本珽作挺
又羅君章曾在人家一條注滎陽太守綏少子也一本綏作綬
世說補同
雅量類豫章太守顧邵一條邵一本全作劭世說補同
又褚公於章安令一條下是何物一本物下有人字是世說補
亦有猶言何等人也
又郗太傅在京口一條下唯有一郎在牀上坦腹臥一本牀上

有東宇世說補亦有案晉書王羲之傳亦作東牀坦腹卽本世說牀上有東宇是

識鑒類王大將軍既亡一條下舒果沈含父子於江注傳曰上一本有王舒二字是世說補有

賞譽類上陳仲舉嘗歎曰一條注天姿聰朗一本姿作資世說補同

又公孫度目邴原一條注移比近郡以觀其意世說補同一本比誤北

又山公舉阮咸一條注吏部郎史曜出處缺當選世說補同一本出誤山

又武元夏目裴王一條注並有品望一本品作器

又王汝南既除所生服一條下轉造淸微一本淸作精世說補同

又張華見褚陶一條注年三十一本作十三是世說補同

又有問秀才一條下明時之俊乂一本俊作儁世說補同又郭子玄有俊才一條一本俊亦作儁

賞譽類下周侯於荆州敗績一條注叛迎蜀賊一本迎作逆

又桓宣武表云一條注下洛表一本下作平是

又孫興公爲庾公參軍一條注承字君長一本承作永

又謝中郎云一條注荆州刺史廙第三子一本第作弟同案紛欣本或作第或作弟宅本竝作弟

又簡文云劉尹茗柯有實理一條注柯一作打又作仃又作打

二打字必有一誤下打疑朾
又王恭始與王建武甚有情一條注吾徒得戮力明時一本戮
作勠是世說補同
品藻類正始中人士比論一條注以其德高一本德上有名字
又王大將軍在西朝時一條注其言不然也一本其作見
又時人共論晉武帝一條注必舉朝謂之不可一本謂作會
又人問殷淵源一條注遐與浩能清言一本能上有竝字是
又謝公與時賢共賞說一條注李重字茂曾一本曾作重世說
補作曾據棲逸類李廞是茂曾第五子則作曾者是
又庾道季云雖千載上死人懍懍恒如有生氣一本死作使
又王子敬問謝公一條注此公好舉宗本槌人一本本作木是

規箴類王平子年十四五一條注第三娶樂安任氏女一本娶作取
捷悟類郗司空在北府一條注表求申勸平北愔一本平北下有將軍二字是世說補有此脫
夙惠類桓宣武薨一條下因指與南郡一本與作語是世說補同
豪爽類王處仲一條下體爲之敝一本敝作弊
又桓宣武平蜀一條注字湛隱一本湛作䄟世說補作湛
容止類裴令公有儁容姿一條下雙目閃閃一本目作眸世說補作眸
傷逝類戴公見林法師墓一條注其爲時賢所惜如此一本賢

作人世説補作賢
棲逸類何驃騎弟一條予第五之名又注充第五弟也一本兩第字竝作弟
賢媛類漢元帝宮人既多一條注呼韓邪單于求朝求當爲來各本皆誤
又王右軍郗夫人一條注曇字重熙一本熙作淵世説補作熙據排調類輕詆類俱稱郗重熙則作熙者是
術解類荀勖善解音聲一條注聲響韻合一本響作音世説補作響
任誕類劉尹云一條注名阜盛川一本盛作勝
排調類荀鳴鶴陸士龍一條注歷太子舍人延尉平延當爲廷

各本皆誤
又何次道往瓦官寺一條注尹子曰一本尹作尸是世說補同
又庾征西大舉征胡一條注自馳還夏下缺一字諸本一字模
胡世說補作夏口是
又顧長康噉甘蔗一條下問所以一本問上有人字
輕詆類庾公權重一條注當是徙縣治空城而置治爾上治當
爲治各本皆誤世說補不誤
又王右軍少時一條元規復可所難可當爲何各本作可蓋何
可通借
又王丞相輕蔡公一條注嘗經郡境一本境上多入字是第四
王等諸郎一本王作五是世說補作五共在洛水下一本有集

處不聞天下有蔡充兒正忿蔡前戲言耳十七字此脫世說補亦有

又褚太傅初渡江一條注逢其迎吏遊旅北舍遊當爲逆各本皆誤北一本作比是

又桓公入洛一條袁虎率而對曰一本而作爾是世說補作爾

又高柔在東一條注不能相舍一本相作祖

又謝萬壽春敗後一條注故王嘉萬也各本同案萬自罪王云此禹湯之戒所以深致其非非嘉之也嘉蓋詆字之誤後人妄改玩劉注是詆非嘉且本書入之輕詆門尤明證

又王中郎舉許玄度一條不可使阿訥在坐一本坐下有頭字世說補有

儉嗇類和嶠性至儉一條下王武子因其上直率一本直作眞
汰侈類石崇每要客燕集一條注欲一作妓各本同案妓當爲
伎
讒險類孝武甚親敬王國寶王雅一條下嘗夜與國寶雅相對
一本雅上有及字又自可別詔也一本詔下有召字
尤悔類王大將軍起事一條注視近日之言一本日誤可世說
補不誤
又桓車騎在上明一條注遣其隨身精兵三千人一本三作二
仇隟類王大將軍執司馬愍王一條注爲中宗相州刺史各本
同相當爲湘世說補不誤

校勘小識補

世說新語宋槧不可得存者惟明袁褧仿宋而已明人刻書最好點竄刪併此則一仍宋舊良可寶貴書中頗多古字如修之作脩寢之作寑流之作沶烹之作亨熟之作孰烈之作列乃之作迺姊之作姉鬚之作須厚之作𠩺無之作无著之作箸傭之作庸齋之作齊退之作逷戮之作勠悟之作牾後來紛欣閣惜陰軒諸本皆紛紛改易矣局刻此書初無袁本因以周本付刊繼得一本（多與袁本合即前所稱一本是）及世說補本始知周本脫誤不及盡檢也光緒癸巳從予友湘潭葉煥彬銓部假得袁本擬將局刻剜換繼思局刻出於周周刻出於袁以穆易昭轉多扞格且袁本不必盡是周本不必盡非又劉注原文亦多脫落因與葉君

商榷葉君迺舉袁本與周本對勘復以國志晉書宋書及書鈔類聚御覽各類書兩相比決擇善而從補爲小識付之梓人以待讀者之抉擇既不蹈汲古剜補之陋習亦不類書帕繆種之相仍而浦江刊校之功亦不至盡泯云先謙再識

德行類郭林宗至汝南一條注袁宏字奉高袁本與此同按後漢書袁安傳閎字夏甫又黃憲傳先過袁閎劉攽校曰袁閬字奉高閎字夏甫此下言奉高則閎當作閬也（以上劉語）椐安傳及劉校是閬字奉高而本書屢以閎爲奉高明是注文之誤

言語類邊文禮見袁奉高一條注皇甫謐曰謐下當有高士傳三字事見今本高士傳上卷御覽逸民六引此亦作皇甫士安高士傳

又劉公幹以失敬罹罪一條亦由陛下網目不疏袁本網作綱
又魏明帝爲外祖母築館于甄氏一條注魏本傳云云袁本作魏末傳按魏志明帝紀注亦引作末隋書經籍志雜史類有魏末傳二卷卽此書也此作本非
又司馬景王東征一條取上黨李喜袁本與此同按喜晉書有傳作李憙
又王武子一條注南陽太守弘之子又訪問弘鄉里品狀袁本均作宏按晉書孫楚傳本作宏此作弘非
又中朝有小兒一條注大將軍反病瘧耶袁本耶作耳按後漢景丹傳注引東觀記作今漢大將軍反病瘧邪明此作耶是
又庾公造周伯仁一條注汝南賁泰袁本泰作秦按晉書周顗

傳作賁嵩
又支公好鶴一條既有淩霄之姿袁本淩作陵御覽羽族部三
引作淩
又李宏度常歎不遇一條注李充江夏郢人袁本郢作鄳按晉
書地里志江夏有鄳無郢此作郢非本傳止稱江夏人
又王子敬云一條注擢榦竦條袁本擢作摧
文學類衞玠總角時一條衞既小差袁本旣作卽按御覽人事
部三十八引作卽此作既非
又舊云王丞相過江左一條注養生論芬之使香無使延哉袁
本無作勿按文選養生論作無袁作勿非
又宣武集諸名勝講易一條注動靜有常袁本常作爲按易正

義序八論亦作常此作常是
又殷中軍孫安國一條既迎眞長袁本既作卽按晉書劉惔傳云使眞長來故應有以制之乃命迎惔與此使眞長來故應有以制彼卽迎眞長語氣同此作既非
又魏朝封晉文王爲公一條注泰始中袁本泰作大按泰始爲晉武紀元晉書本紀作泰始
又左太沖作三都賦一條注曾父以亨家存教袁本與此同按亨古烹字家者豕之誤晉書皇甫謐傳正作亨豕韓非外儲說左上云曾父烹彘卽此事也
又劉伶著酒德頌一條注伶字伯倫沛郡人袁本郡作鄴按沛郡見漢書地理志後漢郡國志作沛國晉治因之晉書地理志

及郡國志劉昭注補引王隱晉書地道志可證故晉書本傳亦云沛國人此本改爲沛郡是蒙漢稱矣然鄴在晉隸魏郡在漢亦隸魏郡姑存以俟攷

又袁虎少貧一條注辭文藻拔袁本與此同按晉書袁宏傳作辭又藻拔是也辭又藻拔與聲既清會語正一偶

方正類蘇峻時孔羣在橫塘一條令術勸酒袁本作令術勸羣酒是此本脫

又梅頤嘗有惠於陶公一條注初有讚侃於王敦者乃以從弟廙代侃爲荊州袁本與此同按讚當作譖於文義始合

又孫興公作庾公誄文一條注吐誠悔非袁本作誨非誨非猶云規過此本作悔蓋誤又注太保亮第三子袁本保誤和按本

書注多稱亮爲太尉晉書庾亮傳亦云追贈太尉則太和太保
均非
太極殿始成一條注太原中新宮成袁本原作元按晉書王獻
之傳載此事亦作太元此作原非
雅量類庾小征西嘗出未還一條注庾氏傳曰袁本作庾氏譜
按本書方正雅量棲逸排調輕詆各注均引作譜此作傳非
又謝安南免吏部尚書一條注父鳳丞相主簿袁本鳳作同
識鑒類郗超與傅瑗周旋一條注仕光祿大夫袁本仕作在脫
上橫畫按在者左之誤宋書傅亮傳正作左光祿大夫可證此
作仕非
賞譽類上王汝南既除所生服一條轉造清微袁本清作精又

注少有優潤袁本作少所優潤

又張華見褚陶一條注陶聰惠絶倫年三十作鷗鳥水碓二賦袁本三十作十三水碓作水硾按晉書褚陶傳作年十二碓亦作碓太平寰宇記杭州人物作年十三碓作碓則十三袁本爲是水硾袁本爲非又清談閑默袁本談作淡按晉書褚陶傳亦作淡此本非

又有問秀才一條注刺史周俊袁本與此同按俊晉書陸雲傳作浚二本均非

賞譽類下謝幼輿曰一條注蒼者胡象後明當入洛袁本與此同按明當爲胡晉書帝紀第五五行志中董養傳御覽咎徵部七羽族部六均引不全惟唐人琱玉集怪異篇引晉書云蒼者

胡象胡當大盛語意正同則明爲胡字之誤無疑明陳耀文天中記五十八引王隱晉書亦作後明當入洛則其沿誤久矣

又王長史是庾子躬外孫一條注娶潁州庾琮之女袁本與此同按州當爲川晉書地理志無潁州諸庾傳亦多云潁川唐林寶元和姓纂七慶庾姓亦止潁川新野二郡望無潁州也

又世稱庾文康爲豐年玉一條注翼有臣世之才袁本與此同按臣是匡之誤

又阮光祿云王家有三年少右軍安期長豫一條注阮裕王悅安期王應竝已見按右軍羲之安期王承字長豫王悅字晉書王羲之傳裕目羲之與王承王悅爲王氏三少不及王應此注語應有誤袁本同

又初法汰北來一條注引泰元起居注曰法汰以十二卒袁本與此同按文義語似未完或二下脫年字否則二卽年之誤

又謝公云劉尹語審細一條注孫綽爲惔諫敘袁本與此同按諫當爲誄晉書劉惔傳及本書方正篇注均引孫綽誄文此其誄敘也

又謝太傅道安北一條注謝安初攜幼釋同好養志海濱袁本與此同按釋當爲穉卽晉書本傳云寓居會稽與王羲之許詢支遁游處時也幼穉猶言家小本傳又云于土山營墅樓館林竹甚盛每攜中外子姪往來游集則此爲幼穉無疑矣會稽孫亮時分立臨海以地臨海濱也故注云養志海濱

又簡文云劉尹茗柯有實理注柯一作打又作仃又作打袁本

與此同按二打字必有一誤下當作朾朾與艼同聲茗艼卽古酩酊字本書任誕篇山季倫爲荆州條茗艼無所知唐人琱玉集嗜酒篇引襄陽記同今晉書山簡傳作酩酊元熊忠韻會舉要二十四迥引晉書山簡傳尙作茗艼是元時監本未改字也是俗書也酩茗二字均不見說文茗字葢起於六朝酩字尤後茗朾有實理文句故作抑揚本篇多此例

又謝公語王孝伯一條君家藍田袁本與此同按曰當爲田之誤後王丞相辟王藍田一條可證

又謝公領中書監一條注王詢小字法護袁本與此同按詢當作珣本書傷逝篇注連引作珣晉書安帝紀東亭侯王珣卒卽此人世說稱東亭者舉封地也

品藻類龐士元至吳一條全琮注字子黄袁本與此同按吳志全琮作子璜是也琮璜皆禮玉名古人名字多相應也

又顧劭與龐士元宿語一條覽倚仗之要害袁本與此同按仗當作伏

又王大將軍在西朝時一條注會無異色按袁本會作曾是

又王大將軍下庾公問卿有四友袁本問下有聞字是此脫

又劉尹謂謝仁祖曰一條自吾有四友袁本與此同按四友疑回也二字泐文觀下文自吾有由及注自吾得回也自吾得由也等句可悟原本因注中有四友牽涉而誤蓋尹以回視仁祖以由視許玄度故二人皆受而不憾若泛語四友則謝無所受

又庾道季云廉頗藺相如雖千載上句使人懍懍恒如有生氣

曹蜍李志雖見在句厭厭如九泉下人袁本如此按文義千載見在是對文此本改使人爲死人俚率無味

又王子猷子敬兄弟一條注丹四向長揖袁本與此同按四向無解當作西向

規箴類蘇峻東征沈充一條注充將吳儒斬首於京都袁本與此同按於上當有送字晉書沈充載記誤入故將吳儒家儒誘充內壁中後遂殺之是充死在儒家不得云斬首於京都也

容止類何平叔美姿儀注粉帛不去手袁本與此同按魏志曹爽傳作粉白此誤

又時人目夏侯太初一條李安國頹唐如玉山之將崩袁本頹作穨

企羨類王右軍得人以蘭亭集序一條注修禊事也袁本禊作禔按禊禔二字形聲劃然不同疑孝標所見與今本異何元錫夢華跋宋本會稽掇英總集（宋孔延之編道光初有杜氏浣花草堂刊本）云蘭亭序脩禔事也時本作修禊事也與世說注不合（以上何語）何所指時本當是閣鈔（是時杜刻未出）所据世說當是袁本孫星衍伯淵續古文苑臨河敘注云此文唐人所傳石刻莫字作暮禔字作禊暘字作暢皆俗書晉代所未有疑時刻本漫漶重書之誤據此則孫所見世說亦是袁本（平津館鑒藏記有跋又孫祠書目內編小說類十一有明周氏博古堂本）且以袁本爲是舊刊又有一明刻劉辰翁評小字本亦作禔與袁本同出宋槧則此作禊是肊改也

傷逝類支道林喪法虔之後一條中心蘊結袁本蘊作薀按說

文有薀無藴藴俗字

棲逸類南陽劉驎之高率一條脩然而退袁本脩作修按莊子內宗師脩然而往釋文引司馬彪注脩然儵疾兒則作脩是又注拂短褐袁本作拂裋褐按晉書劉驎之傳亦作裋褐此本誤

賢媛類王汝南少無婚一條注魏氏志曰袁本與此同按氏字誤衍

巧藝類鍾會是荀濟北從舅一條注引世語令詞旨倨傲袁本倨傲作促夫按促夫疑促失之誤倨傲是此本肊改魏志鍾會傳注引世語作令辭指悖傲亦與此異

又謝太傅云顧長康畫一條注好加理後袁本後作復

又顧長康好寫起人形一條使如輕雲之蔽日注日一作月按

晉書顧愷之傳正作月

任誕類阮籍遭母喪一條注朝廷師之袁師作怖按怖者憚之

渺文北堂書鈔六十一引王隱晉書載此事作時人敬憚之可

知怖爲憚字此作師非

又祖車騎過江時一條祖曰昨夜復南塘一出袁本夜作定按

晉書祖逖傳作比復南塘一出語氣正同則作定者是

又王劉共在杭南一條注謝裒尙叔也袁本裒作東按晉書謝

安傳云謝安尙從弟也父裒太常卿據此則安爲尙從弟裒是

尙叔矣袁本作東非

又襄陽羅友有大韻一條注飲道嗜味袁本與此同按飲道當

作飲酒

又張驎酒後挽歌注司馬彪注紼引柩索也袁本作紼爲引柩也

排調類許文思往顧和一條取枕上新衣袁本枕作杭按杭與桁同聲字桁衣架也古樂府東門行還視桁上無懸衣是也此本作枕涉上文角枕字誤

又苻朗初渡江一條注朗苻堅從兄袁本與此同按晉書苻朗載記作從兄子

又桓南郡與殷荆州語次一條白布纏棺樹旒旐袁本旐作旐按旐字是禮檀弓鄭注旌之旐緇布廣充幅長尋曰旐此旒旐二字所本晉書顧愷之傳亦作旒旐惟纏棺作纏根又投魚深淵放飛鳥袁本淵作澗按晉書傳作深泉明唐人避高祖諱改

此作淵是
輕詆類王興道謂謝望蔡一條注望蔡謝琰小字也按望蔡地名晉書謝琰傳封望蔡縣公是也注云小字誤
黜免類桓公入蜀一條注猿鳴三聲淚沾裳袁本三作一按蓺文類聚獸部下御覽獸部二十二引宜都山川記均作三聲袁本作一非
汰侈類石崇廁常有十餘婢侍列一條注劉實詣石崇袁本實作寔按寔晉書有傳正作寔又注兩婢持錦香囊袁本持作桻後桻脫屮下乚遂成栙按說文桻桻雙也廣韻帆未張言兩婢楨香囊如帆之未張正未登廁時情事六朝綺語鍾鍊可玩若作持則應十餘婢非兩婢事矣晉書劉寔傳亦作持均非

忿狷類王大王恭嘗俱在何僕射坐一條大逼疆之轉苦袁本
苦作言
讒險類袁悅有口才一條注王恭聞其說袁本恭作粲非
尤悔類魏文帝忌弟任城王驍壯一條注魏志春秋袁本與此
同按志當作氏國志注引此極多均作魏氏春秋也魏氏春秋
孫盛撰見隋書經籍志
又陸平原河橋敗一條注機解戎服袁本解作索按晉書陸機
傳作機釋戎服則此作解是
又王導溫嶠俱見明帝一條祚安得長袁本祚作昨非
又簡文見稻田不識一條注文公種菜曾子牧羊按淮南泰族
訓作文公樹米曾子架羊高誘注文公晉文公也樹米而欲生

之也架連架所以備知也

紕漏類元皇初見賀司空一條注禮記袁本作禮云

仇隟類孫秀既恨石崇一條注方登涼觀臨清水袁本觀字闕按晉書石崇傳作方登涼臺臨清流此本作觀葢肊補也當從晉書爲是又孫秀爲小吏給使袁本吏作史按晉書潘岳傳作小史給岳則此作小吏非又潘石同刑東市袁本市作司按晉書石崇傳作東市袁本作司非

又應鎮南作荆州一條注引中興書後云孫盛之言皆實錄也袁本孫作法按中興書何法盛作故前引而後申明之此作孫非隋書經籍志有孫盛撰晉陽秋與此無涉也

世說新語攷證

唐魏徵隋書經籍志子部小說類世說八卷宋臨川王劉義慶撰　世說十卷劉孝標注

按沈約宋書臨川烈武王道規傳云義慶撰徐州先賢傳十卷又撰典敘不云有此書又姚思廉梁書文學劉峻傳云安成王秀好峻學給其書籍鈔錄事類名曰類苑未及成亦不云注世說李延壽南北史傳同此皆正史漏載隋志葢依當時行本入錄也

日本佐世見在書目錄小說家類世說新語十卷宋臨川王劉義慶撰劉孝標注

按此書在中土爲唐昭宗時所載與隋志合是唐時通行者

只孝標注本後兩唐志云孝標續者誤也

晉劉昫舊唐書經籍志子類小說家世說八卷劉義慶撰　續世說十卷劉孝標撰　宋歐陽修唐書藝文志同

按新舊兩志云劉撰續世說與隋志世說注本卷次同此唐志誤以劉注爲劉續也

宋王堯臣等崇文總目子部小說類世說十卷宋臨川王義慶撰

按錢侗輯釋云侗按玉海云世說新語八卷崇文目十卷讀書志云唐藝文志劉義慶世說八卷劉孝標續十卷而崇文總目祇載十卷當是孝標續義慶本八卷通成十卷耳余按侗引晁說非是崇文目之十卷卽隋志孝標注之十卷侗亦

因唐志有續世說之語遂誤信晁志而以二書合一也

宋晁公武袁州本郡齋讀書志子部小說類世說十卷

按原釋云右宋劉義慶撰劉孝標注紀東漢以後事分三十八門唐藝文志云劉義慶世說八卷劉孝標續十卷而崇文總目止載十卷當時孝標續義慶元本八卷通成十卷耳家本有二一本極詳一本殊略未知孰爲正然劉知幾頗言非其實錄余按晁氏此說前錢侗崇文總目輯釋已引及不知宋時十卷本均是劉注本郡齋云云蓋猶狃於唐志續撰之說也

又衢州本郡齋讀書志子類小說類世說新語十卷重編世說十卷

按原釋同上惟一本殊略以下云略有稱改正未知誰氏所定然其目則同劉知幾頗言此書非實錄予亦云以上晁志然則晁時所見已有二本宜乎今本與諸書所引有合有不合也

宋尤袤遂初堂書目小說類　世說　續世說　世說新語　世說敘錄

按延之書目所列重複又無卷數姑存俟攷

宋陳振孫直齋書錄解題子部小說家類世說新語三卷敘錄二卷

按原釋云宋臨川王劉義慶撰梁劉峻孝標注敘錄者近世學士新安汪藻彥章所爲也首爲攷異繼列人物世譜異同末記所引書目按唐志作八卷劉孝標續十卷自餘諸家所

藏卷第多不同敘錄詳之此本董令升按明袁褧刻本前列董弅序此令升疑爲弅字之誤刻之嚴州以爲晏元獻公手自校定刪去重複者以上陳語

據此則今三卷分上下本皆以董刻爲初祖矣

元托克托宋史蓺文志子小說劉義慶世說新語三卷

按此卽晁志所載特無敘錄二卷耳

元馬端臨文獻通攷經籍攷子小說家世說新語十卷 重編

世說十卷

按原釋引晁氏郡齋陳氏直齋高氏緯略三則晁陳見前馬高見原跋

氏之例今古雜陳存佚並箸此亦仍衢本讀書志入載非目

覩也

明楊士奇文淵閣書目宿字號世說新語三册

世說新語攷證 三

一良案汪藻書久佚日本前田侯尊經閣藏宋本有之近景印行世其書刻工姓名与董弅刻于嚴州之劉賓客文集全同盖亦董刻嚴州本也

○一良案：汪藻书久佚。日本前田侯尊经阁藏宋本有之，近景印行世。其书刻工姓名，与董弅刻于严州之刘宾客文集全同，盖亦董刻严州本也。

按明內府書傳者絕少此云三冊當即三卷本也

明焦竑國史經籍志子類小說家世說八卷宋劉義慶撰　續世說十卷劉孝標注

按焦氏此書皆襲舊志此云八卷十卷亦鈔前人說也

明葉盛菉竹堂書目類書門世說新語三冊　姓氏門世說敍錄二冊

按此目分載之五冊即直齋書錄所云五卷本也

明陳第世善堂書目諸子百家類世說新語十卷　世說新語重編十卷

按此呂爲季立手編其後人時有增記所云世說甚不可據

世說自直齋書錄以三卷本著錄自後各藏書家所載宋刻

皆同此稱十卷葢其後人博儲藏之名虛設此目知者季立一手編皆注撰人其無注者皆後來增記此書未注撰人其不足徵信明矣

欽定四庫全書總目子部小說類世說新語三卷

按原注云內府藏本又提要云宋臨川王劉義慶撰梁劉孝標注義慶事蹟具宋書孝標名峻以字行事蹟具梁書黃伯思東觀餘論謂世說之名肇於劉向其書已亡故義慶所集名世說新書段成式酉陽雜俎引王敦澡豆事尙作世說新書可證不知何人改爲新語葢近世所傳然相沿已久不能復正矣所記分三十八門上起後漢下迄東晉皆軼事瑣語足爲談助唐蓺文志稱劉義慶世說八卷劉孝標續十卷崇

文總目惟載十卷晁公武謂當是孝標續義慶元本八卷通成十卷又謂家有詳略二本迥不相同今其本皆不傳惟陳振孫書錄解題作三卷與今本合其每卷析爲上下則世傳陸游所刊本已然蓋卽舊本至振孫載汪藻所云敘二卷首爲攷異繼列人物世譜姓字異同末記所引書目者則佚之久矣自明以來世俗所行凡二本一爲王世貞所刊注文多所刪節殊乖其舊一爲袁褧所刊蓋卽從陸本翻雕者雖板已刓敝然猶屬完書義慶所述劉知幾史通深以爲譏然義慶本小說家言而知幾繩之以史法擬於不倫未爲通論孝標所注特爲典贍高似孫緯略亟推之其糾正義慶之紕繆尤爲精核所引諸書今已佚其十之九惟賴是注以傳故與

裴松之三國志注酈道元水經注李善文選注同爲攷證家所引據焉

欽定四庫全書簡明目錄子部小說家類世說新語三卷

按提要云宋臨川王劉義慶撰梁劉孝標注本名世說新書後相沿稱新語遂不可復正其書取漢至晉軼事瑣語分爲三十八門敘述名雋爲清言之淵藪孝標所注徵引賅博多所糾正考證家亦取材不竭

欽定天祿琳瑯書目後編明版子部世說新語一函六冊

按原釋云宋劉義慶撰梁劉孝標注事俱具南史書三卷各分上下凡三十六門是書紹興八年董弅以家藏王原叔本及後得晏元獻本是正刊之淯熙戊申陸游重刻於新定皆

有識末刻嘉靖乙未歲吳郡袁氏嘉趣堂重雕蓋從陸本翻刻者猶屬完書較之王世貞所刻刪節注文者此爲善本矣前有袁褧自序褧字尙之吳縣人博學工詩善書法見蘇州府志

陳景雲絳雲樓書目小說類宋板世說三冊三卷

按牧翁是書後歸也是翁說見下

錢曾讀書敏求記子雜家世說新語三卷

按原釋云宋刻世說三卷劉辰翁批點刊行元板分爲八卷閒嘗論之晉人崇尙清談臨川王孌史家爲說家撮略一代人物於清言之中使千載而下如聞謦欬如覩須眉孔平仲依仿而爲續世說此眞東家之矉矣又嘗論之說詩至嚴滄

浪而詩亡論文至劉須溪而文喪此書經須溪淆亂卷帙妄爲批點殆將喪斯文之一端也歟

錢曾述古堂書目子小說家世說新語三卷三本

按郘敏求記所載之本

季振宜季滄葦書目宋版類世說新語上中下三卷三本

按遵王書後盡售于泰興此本卷第與絳雲敏求合葢錢氏故物也又後宋元雜板書雜部有世說新語八卷注云元板疑郘遵王所云須溪評點本明時倘有繙刻

阮元范氏天一閣書目子部小說類世說新語八卷刊本宋臨川劉義慶撰梁劉孝標注明王世懋評點淩瀛初校　世說新語六卷刊本明嘉靖乙未袁褧序

按范所藏八卷王世懋批點本卽凌瀛初朱套本葢踵須溪評本爲之故卷第亦與之合後一本有袁褧序者則今　四庫所箸錄者也

孫星衍祠堂書目內編史學傳記類世說新語六卷

按原注云宋劉義慶撰梁劉孝標注明周氏博古堂校刊

又按孫星衍平津館鑒藏記云世說新語上中下三卷每卷又分上下題宋臨川王義慶撰梁劉孝標注前有嘉靖乙未袁褧序稱余家藏宋本是放翁校刊本謝湖躬耕之暇手披心寄自謂可觀爰付梓人公之同好序後有時萬歷己酉春周氏博古堂刊十二字此書世無完本張懋辰刻正文與注俱多刪落唯此本特爲完善每葉二十行行二十字據孫云

知博古刊本倘在袁刻之後而葉行行字悉與之同則又袁
本副墨之最善者矣
日本森立之經籍訪古志子部下小說類世說新語三卷
按原注云北宋槧本楓山官庫藏又云此係劉義慶眞本未
經後來增損者字句卷數校之元明諸本夐然不同文字端
正欽宗以上諱字嫌名皆闕筆其爲北宋槧本無疑每卷有
金澤文庫印記
又
按原注云元槧本昌平學藏又云劉辰翁批點本刪略注文
又
按原注云明萬歷己卯刊本求古樓藏又云每卷分上下首

有萬歷己卯管大勳重刻序萬歷七年張程序及吳郡袁褧
序卷端題宋臨川王劉義慶撰梁劉孝標注明四明管大勳
安成張程訂管序首有謝肇淛印中卷首有龍龕山長印此
本上卷狩望之以官庫宋本朱筆校過

出版说明

《世说新语》成书于南朝刘宋，是魏晋南北朝时期『志人小说』的代表作。《世说新语》多记载魏晋名士的言谈举动，具有极高的历史学价值，同时具有很高的文学价值。

周一良，字太初，安徽东至人，学贯中西的史学大家。周先生自幼熟读经、史、子部书，其父周叔弢先生是中国著名的藏书家，周老先生捐献的藏书成为国家图书馆善本书库的奠基之作。周先生不仅有家学渊源，且师承一代史学大师陈寅恪先生，一生醉心于魏晋南北朝史研究。周先生在治史过程中披阅传统典籍，留下了大量题记眉批，如二十四史中的《史记》《汉书》《晋书》《三国志》，以及《颜氏家训》《世说新语》《文选》《华阳国志》《佛国记》《游仙窟》等。我社曾于2016年出版周先生的回忆录，从周先生幼子周启锐先生处得见周先生批校的《世说新语》。

周先生选定的批校底本为光绪十七年思贤讲舍刊本（即清末王先谦转刻本，后收入《四部丛刊》），为学界公认的清代以前的最佳版本，也是目前价值很高的原刻本，为古籍中的善本。周先生的批注文字多涉及注释和校勘，周先生从史学和版本学出发，所校之处，推敲文字，比类异同，精见迭出。上好的版本结合凝结周先生史学思想和学术研究的批校文字，极具出版和传承价值。经过慎重的选题论证后，我社决定整理并出版本书，冀以嘉惠学林，启迪后人。

周先生分别于二十世纪的三十年代、四十年代和七十年代三校此书，首次批校为庄重秀丽的朱笔小楷，二次批校为黑墨，三次为灰铅笔，此外还有几处蓝笔。由于批校文字字号较小，且字体变化较大，不易辨识，遂在整理过程中，维持原著风貌，对批校文字（包括三字及三字以上的夹注）进行录文整理，无法辨识的以『□』代替。疑难之处，以编者案的形式酌情进行注释。录文按原文先后顺序排序，其颜色与周先生的批校文字颜色一致，以保留手迹和古籍原貌。本书的顺利出版，离不开周启锐先生的大力支持和著名历史学家祝总斌先生的悉心指导。在文字识别、整理、勘误和校对过程中，本书得到南开大学文学院余才林老师和北京大学历史学系李彦楠博士的帮助，在此向大家表示诚挚的谢意。

适值周一良先生诞辰一百〇五周年之际，本社组织整理并出版此书，以纪念周一良先生。

天津人民出版社

二〇一七年十一月